Wertvoller als alle Güter ist ein zuverlässiger und tugendhafter Freund

Platon

Als junger Mann war der Autor Bergmann und hat erkundet, wie es unter der Erdoberfläche aussieht. Nach der Bergmannszeit und einem Studium der Rechts- und Staatswissenschaften versuchte er sich als Strafrichter. Dabei erfuhr er eine Menge über die Menschen, über gute und böse, starke und schwache, aber auch über Pechvögel. Auf Dauer war es jedoch nicht seine Sache, über das Schicksal von Menschen entscheiden zu müssen. Viel lieber wollte er ihnen beistehen, ihre Rechte durchzusetzen und sich gegen Ungerechtigkeiten zu wehren. Deshalb wechselte er die Seiten und wurde Rechtsanwalt.

Auf die Frage, weshalb er das Ikaros-Buch geschrieben habe, antwortete er: Ich wollte aufzeigen, dass sich hinter Wahrheiten häufig andere Wahrheiten verstecken und wohin Machttrieb, Eifersucht, Lüge, Feigheit und Misstrauen führen können, dass aber nichts alternativlos ist, weil man immer eine Wahl hat. Darüber hinaus soll das Buch den Leser in das antike Griechenland locken, in die Wiege der europäischen Kultur.

© 2018 Schultze-Zeu, Dieter
2. überarbeitete Auflage
Umschlaggestaltung, Illustration: Mike Klar
Konzept, Marketing: Wolfgang Kittlick
Verlag & Druck: tredition GmbH Hamburg
ISBN: 978-3-7469-6392-1

Das Autorenhonorar fließt an die gemeinnützige Kreuzberger Kinderstiftung in Berlin.

Ikaros

fliegt sich frei

Nach den Erinnerungen des weissen Raben niedergeschrieben

von Dieter Schultze-Zeu

Inhalt

SIZILIEN

ATHEN

MITTELMEER

Prolog

Da die in diesem Buch niedergeschriebenen Erinnerungen des weissen Raben erheblich von den überlieferten Legenden abweichen, habe ich mich natürlich gefragt, ob der weisse Rabe glaubwürdig ist.

Für mich war und ist die Antwort eindeutig: Er ist glaubwürdig!

Ich will zwar nicht ausschließen, dass der weisse Rabe bei den Schilderungen seinen eigenen Beitrag ein wenig geschönt hat. Aber würde ihn das unglaubwürdig machen? Seien wir doch ehrlich, neigen wir Menschen nicht auch dazu, uns größer, mutiger und klüger als wir es wirklich sind, zu machen, wenn wir über unsere Abenteuer berichten.

Falls der eine oder andere meiner geschätzten Leser behaupten sollte, ich sei ein Märchenerzähler, weil alle bekannten biologischen und physikalischen Gesetze gegen die Existenz eines mehr als 3500 Jahre alten weissen Raben sprechen, nehme ich ihm das nicht übel.

Weiß ich doch, dass es verdammt schwer ist, sich etwas vorzustellen, was eigentlich unvorstellbar ist. Wie wäre wohl vor 3500 Jahren die Reaktion der Kreter gewesen, hätte man ihnen erzählt, es würde einmal Smartphones, Fernsehen, Flugzeuge, Internet, Google oder McDonald´s geben, oder gar Atomwaffen, mit denen man – so wir Menschen nicht aufpassen – unsere Mutter Erde unbewohnbar machen könnte?

Der weisse Rabe

Raben sind uns Menschen nicht geheuer. Mit ihren rauen, kraftvoll krächzenden, oft auch scheppernden Scheien „Krooh! Kräh! Kra! Ärr! Käärr! Kroh! Kräh! Kärr! Ärr! Kroh!, den durchdringenden schwarzen kleinen Augen, den langen, harten, kühn gekrümmten Schnäbeln und dem metallisch glänzenden pechschwarzen Gefieder machen sie uns Angst. Besonders, wenn sie im Sturzflug wenige Meter über unsere Köpfe hinweg schießen, oder wenn sie in der Dämmerung ihre Schlafbäume besetzen und unheilvoll, wie schwarze Gespenster, auf uns herabschauen.

Raben sind frei. Nicht versklavt wie die Enten, Hühner, Gänse, Kühe, Schweine und Schafe, die wir in Käfige oder Ställe einpferchen, und, sobald sie fett genug sind, schlachten, zerlegen, braten, grillen, kochen oder zu Würsten verarbeitet, gierig verspeisen. Oder wie die Löwen, Tiger, Elefanten, Affen, Nashörner, Seehunde, Robben und die anderen wilden Tiere, die wir im Zoo einsperren, um sie in ihren Gehegen anstarren zu können.

Und nicht gegängelt wie die Hunde und Pferde, denen wir durch Dressur jede Würde nehmen, damit sie uns unterwürfig dienen.

Raben können fliegen. Keine Grenze, kein Zaun, keine noch so hohe Mauer kann sie aufhalten.

Raben sind intelligent. Wir aber halten alle intelligenten Tiere, die uns nicht untertan sind, für gefährlich. Die Raben könnten ja angreifen und mit ihren scharfen Schnäbeln auf uns einhacken, fürchten wir.

Aber sind Raben wirklich gefährlich? Oder ist das nur ein Vorurteil? Kein Vorurteil ist es hingegen, dass wir Menschen für die Raben gefährlich sind. Seit Jahrhunderten werden sie von uns gejagt. Nicht etwa, weil wir sie verspeisen oder ihre Federn verarbeiten wollen, sondern weil wir sie nicht mögen, sie für gefährlich halten und weil sie für uns keinen Nutzen haben.

Der weisse Rabe war in einer besonders misslichen Lage. Die Menschen jagten ihn, weil er ein Rabe war. Und seine schwarzen Brüder verspotteten ihn als Außenseiter, weil er weltweit der einzige weisse Rabe war. „Wie kann man nur weiss sein!", krächzten sie herablassend. Bei Sonnenuntergang erlaubten sie ihm noch nicht einmal, sich zu ihnen auf den Rabenschlafbaum zu gesellen.

Ist es da verwunderlich, dass der weisse Rabe manchmal traurig oder griesgrämig war? Vielleicht wäre er von seinen schwarzen Brüdern mit mehr Respekt behandelt worden, wenn sie von seinem langen, abenteuerlichen Leben gewusst hätten. Sie aufklären? Nein, das wollte der weisse Rabe nicht. Dafür war er zu stolz. Außerdem hätten sie ihn vermutlich für einen Aufschneider gehalten, denn seine Lebensgeschichte ist mehr als ungewöhnlich.

Die Geschichte des weissen Raben beginnt, als alle Raben noch weiß waren und die Welt von einer Vielzahl von Göttern beherrscht wurde. Das war vor etwa 3500 Jahren. Damals waren wir Menschen für die Götter rechtlose Spielbälle.
Und weil es über die Götter keine richtende Instanz gab, konnten sie mit uns ungestraft alles machen, was sie wollten.

Die Götter waren ungerecht, boshaft, grausam, hinterlistig und willkürlich. Um die Menschen zu erschrecken, zu täuschen, zu quälen, manchmal auch nur aus Jux und Tollerei, schlüpften sie in jede denkbare Gestalt. Wie es ihnen gerade gefiel, traten sie als Tier, als Naturgewalt, als Monster oder Geist auf.

So ungerecht, boshaft, grausam, hinterlistig und willkürlich die Götter auch waren, kein Mensch wagte es, sich gegen sie aufzulehnen. Im Gegenteil: Sie wurden angebetet. Um sich einzuschmeicheln, opferten die Menschen ihnen Schafe, Ziegen, Stiere, Goldschmuck, manchmal sogar ihre Söhne oder Töchter. Ob dies half, kann nicht überprüft werden, weil es die Götter nicht mehr gibt.

Eigentlich sollte man meinen, dass die Götter als die absoluten Beherrscher der Welt harmonisch zusammenarbeiten würden. Fehlanzeige. Die Götter stritten sich mindestens so häufig wie wir Menschen. Meistens ging es um die Grenzen ihrer Machtbereiche. Sie stritten aber auch, weil sie aufeinander eifersüchtig und neidisch waren. Kein Gott gönnte einem anderen Gott etwas, was er nicht selbst besaß.

Irgendwann wurde Apollon, der griechische Gott der Sonne und des Lichts, auf die Intelligenz und die Flugkünste der Raben aufmerksam. „Dies sind ideale Eigenschaften für Kundschafter", meinte er, und schlug seinen Götterkollegen vor, sie als Kundschafter einzusetzen. Der Vorschlag wurde einstimmig angenommen.

Die Raben erledigten ihren Job so gut, dass die Götter sie zur Belohnung unsterblich machten. Dies hatte für die Götter erhebliche Vorteile. Wenn ein Rabe starb, waren sie jetzt nicht mehr gezwungen, sich an neue Kundschafter zu gewöhnen. Außerdem häuften die Raben mit ihrem außergewöhnlich guten Gedächtnis im Laufe der Jahre sehr viel Wissen an, das die Götter jederzeit abrufen konnten. Dadurch mussten sie sich nichts mehr einprägen. Wenn sie etwas wissen wollten, fragten sie einfach einen Raben. Die Raben spielten somit für die Götter eine ähnliche Rolle wie Google für uns heute.

Alle waren zufrieden. Die Raben, weil sie einen interessanten Job hatten. Und die Götter, weil sie mit den Raben über hervorragende Kundschafter mit Wissensspeicher, - Festplatte würde man heute sagen - verfügten.

Aber es gab ein Problem: Auf der einen Seite wollten die Götter über alles und jeden informiert werden. Auf der anderen Seite wollten sie keine schlechten Nachrichten hören. Das machte die Kundschaftertätigkeit kompliziert. Es war nämlich nicht immer klar erkennbar, welche Nachricht gut war, also übermittelt werden durfte, und welche schlecht war, also besser verschwiegen werden musste. Hinzu kam, dass manche Nachricht für den einen Gott gut und für den anderen schlecht war.

Eines Tages beging der Rabe, der Apollon als Kundschafter diente, einen verhängnisvollen Fehler. Er meldete seinem Auftraggeber, dass die schöne Koronis, damals Apollons Geliebte, fremdgegangen sei. Apollon zögerte keine Sekunde. Blind vor Eifersucht feuerte er einen Köcher Pfeile auf Koronis ab, bis sie tot war.

Auch der Rabe, der die Nachricht überbracht hatte, bekam sein Fett weg. Apollon färbte ihn pechschwarz. Schlechte Nachrichten durften halt nicht gemeldet werden. Es kam aber noch schlimmer. Wenige Tage später stellte sich heraus, dass es nicht Korona war, die der Rabe gesehen hatte, sondern eine andere Schönheit. Der Rabe hatte Koronis also zu Unrecht angeschwärzt.

Als Apollon dies erfuhr, sich mithin eingestehen musste, seine Geliebte grundlos getötet zu haben, geriet er außer sich. Er rief die Götter zusammen und forderte bebend vor Zorn, alle Raben wegen Unzuverlässigkeit auszurotten. „Nur wegen der Falschnachricht eines dusseligen Raben ist meine geliebte Koronis jetzt tot", wütete er.

Nach hitziger Debatte beschlossen die Götter, die Raben nicht wie von Apollon gefordert auszurotten, sondern sie nur als Kundschafter zu feuern und ihnen den Status der Unsterblichkeit zu nehmen. Als zusätzliche Strafe beschlossen sie, alle Raben schwarz zu färben. In dem Beschluss der Götterversammlung hieß es wörtlich: „Von nun an müssen alle Raben Trauer tragen."

Der Irrtum eines einzigen Raben und die Unbeherrschtheit Apollons führten also dazu, dass alle Raben schwarz und sterblich sind. Mit einer Ausnahme: Unser Rabe entging der Strafaktion. Er blieb weiss und unsterblich. Weshalb er der Strafaktion entging, fragt ihr? Das wissen nur die griechischen Götter. Und die kann man nicht mehr fragen.

Heute ist der weisse Rabe uralt. Er trägt 3500 Jahre Erfahrung auf dem Buckel. Und das Tollste ist, in seinem Kopf ist alles gespeichert, was er jemals gesehen, gehört oder erlebt hatte.

Er kann sich auch mit allen Lebewesen verständigen. Nicht, indem er deren Sprache nachahmte. Grundsätzlich blieb sein Krächzen für die Ohren der anderen ein Krächzen. Nur für die Ohren seines jeweiligen Gesprächspartners verwandelte es sich in Laute, die dieser verstand.

Der weisse Rabe dachte häufig darüber nach, ob das Leben für ihn nicht angenehmer wäre, wenn er auf seine Unsterblichkeit verzichten würde. „Welchen Sinn hat es unsterblich zu sein, wenn alle anderen Lebewesen sterblich sind", fragte er sich. Es war für ihn nämlich immer recht schmerzlich, sich von Freunden verabschieden zu müssen, wenn deren Lebensuhr abgelaufen war.

Natürlich hatte die Unsterblichkeit auch gute Seiten. Der weisse Rabe konnte weder verhungern noch verdursten noch an einer Krankheit sterben. Noch konnten ihn Feinde oder sonstige Widersacher umbringen. Außerdem war es spannend, von Jahrhundert zu Jahrhundert immer mehr Erfahrung und Wissen anzusammeln, was dazu führte, dass sich der weisse Rabe in der Welt weit besser zurechtfand als alle anderen Lebewesen.

Aber er speicherte nicht nur positive Erfahrungen. Nachts plagten ihn oft schreckliche Albträume, wenn er sich an eines seiner schlimmen Erlebnisse erinnerte. Die Sterblichen hatten es da besser. Wenn die starben, starben mit ihnen alle Erinnerungen, gleich, ob sie gut oder schlimm waren.

„Was ist also besser", überlegte er, „sterblich oder unsterblich zu sein? Und, was müsste ich tun, um sterblich zu werden? Etwa den griechischen Göttern melden, dass sie mich bei ihrer Strafaktion vergessen haben?

Aber wo finde ich die griechischen Götter? Hatten die sich doch seit Langem von der Welt zurückgezogen."

„Außerdem", so fragte er sich weiter, „was würde, wäre ich sterblich, nach meinem Tod mit mir geschehen? Falls das Leben dann einfach aufhört, wäre es schon okay. Aber wer garantiert mir das? Und was mache ich, wenn nach dem Tod so etwas wie die Hölle oder etwas noch Schlimmeres kommt?"

Nachdem der weisse Rabe die Vor- und Nachteile der Unsterblichkeit lange hin und her gewälzt hatte, beschloss er, an seiner Unsterblichkeit nicht zu rühren. „Sei es, wie es sei", krächzte er.

Eines Tages, als der weisse Rabe einsam und schlecht gelaunt in der Nähe von London auf einem Wegweiser hockte und sich nicht entscheiden konnte, wohin er fliegen sollte, bemerkte er einen kleinen Jungen, der unweit des Wegweisers auf der Erde lag und bitterlich weinte. „Was will der Bengel hier?", fragte sich der weisse Rabe. „Was fällt dem ein, mich zu stören? Nun gut, er weint", überlegte er dann, „es könnte ja sein, dass der Junge gestürzt ist und mich überhaupt nicht stören wollte. Vielleicht sollte ich ihn fragen, ob er Hilfe braucht.

„Andererseits", überlegte er weiter, „kleine Jungs werden irgendwann groß, schnappen sich eine Schrotflinte und schießen auf mich. Sollen sich doch seine Artgenossen um ihn kümmern."

Dann meldete sich aber sein Gewissen. „Ist es wirklich richtig, einem weinenden Kind jede Hilfe zu versagen, nur weil mich die Erwachsenen mit ihren Schrotflinten jagen? Nein, das kann nicht richtig sein", sagte er sich und beschloss, den kleinen Jungen zu fragen, was mit ihm geschehen sei.

Und so geschah es.

Der Junge war ich. Ich war damals knapp acht Jahre alt und lebte mit meinen Eltern in London.

Beginn einer Freundschaft

Ich wusste nicht, was mit mir geschehen war, weshalb ich da lag, wo ich lag, nämlich vor einem Wegweiser, auf dem ein weisser Rabe hockte, der nicht krächzte, sondern auf mich einredete. Ich erinnerte mich nur noch, dass ich träumend auf einem Baumstumpf gesessen hatte, als mich plötzlich eine geheimnisvolle Kraft zwang, aufzuspringen und zu laufen, schneller und schneller, dann zu fliegen, über Berge, Wüsten, Meere, Wälder und Städte, bis ich abrupt dort landete, wo ich mich jetzt befand. Eigentlich war ich nicht gelandet, sondern wie ein Stein auf die Erde geplumpst.

„Was will der weisse Rabe von mir?", fragte ich mich. „Außerdem, sprechende weisse Raben gibt es nicht. Das, was ich da sah und was mit mir sprach, musste also ein Geist in der Gestalt eines weissen Raben sein." Und weil, das glaubte ich damals jedenfalls, Geister gefährlich sind, beschloss ich, mich erst einmal zu verstecken. Aber wo?

Es gab hier nichts. Keinen Strauch, keinen Baum und keine Bodendelle, absolut nichts, wo ich mich hätte verkriechen können. Nur den Wegweiser mit dem weissen Raben.

Gott sei Dank tat mir nichts weh. Aber ich fühlte mich im wahrsten Sinne des Wortes am Boden zerstört. Weglaufen? Dann hätte ich aufstehen müssen. Das ging aber nicht, denn die Angst drückte mich mit eiserner Hand fest in den staubigen Boden.

Es dauerte eine ganze Weile, bis ich einsah, dass ich nur eine Wahl hatte: Ich musste den weissen Raben als Raben ernst nehmen und den Gedanken, dass er möglicherweise ein Geist war, verdrängen. Das war für mich schon verdammt schwer. Noch schwerer fiel es mir, zu begreifen, dass der Rabe deutsch sprach, obwohl wir in England waren. Und dann bot er mir auch noch an, mich auf seinem Rücken nach Hause zu fliegen. „Wie willst du das denn anstellen?", fragte ich vorsichtig. „Ich bin doch viel zu groß und zu schwer. Du brichst zusammen, wenn ich auf deinen Rücken springe. Außerdem hast du null Ahnung, wo ich wohne."
„Quatsch nicht so viel", krächzte der weisse Rabe ungeduldig, „setz dich einfach drauf."

Kaum eine Sekunde später war ich klein wie ein Spatz und saß auf dem Rabenrücken. Und bevor ich fragen konnte, ob ich jetzt immer so winzig bleiben müsse, stieg der weisse Rabe in die Höhe und düste über Berge, Wüsten, Meere, Wälder und Städte nach London. Vor dem Haus, in dem ich damals mit meinen Eltern wohnte, landete er. Erleichtert stellte ich fest, dass ich wieder meine alte Größe hatte. „Das hat der weisse Rabe ja super hingekriegt", dachte ich. Aber als ich mich bedanken wollte, war er verschwunden.

Erstaunlicherweise hatten meine Eltern gar nicht gemerkt, dass ich weg gewesen war. Sie stellten mir jedenfalls keine Fragen. Und ungefragt wollte ich ihnen nichts über mein seltsames Abenteuer erzählen. Sie würden mir doch nicht glauben, sagte ich mir, und verhielt mich so, als wäre absolut nichts passiert.

Von nun an träumte ich fast jede Nacht von dem weissen Raben. „Werde ich ihn jemals wieder sehen?", fragte ich mich. Ich hoffte das sehr, denn es gab jede Menge Fragen, die ich ihm gerne gestellt hätte.

Ein Tag nach dem anderen verging, ohne dass der weisse Rabe auftauchte, oder dass ich, obwohl ich überall suchte, auch nur die kleinste Spur von ihm entdeckte. Bald glaubte ich, dass ich das Abenteuer mit dem weissen Raben nur geträumt hatte, dass es ihn in Wirklichkeit überhaupt nicht gab.

Dann jedoch, eines Nachts, wurde ich plötzlich wach. Irgendwas oder irgendwer kitzelte an meinen großen Zeh. Und siehe da, am Fußende des Bettes saß der weisse Rabe und flatterte vergnügt mit den Flügeln. „Hey, Kleiner", krächzte er, „bist du endlich wach?"

Vor Überraschung fast sprachlos, fiel mir nichts anderes ein, als schläfrig zurückzufragen: „Weshalb kommst du erst heute?"
„Bitte keine Vorwürfe", krächzte der weisse Rabe, „ich habe auch noch etwas anderes zu tun, als dich zu besuchen. „Außerdem wusste ich ja nicht, ob du mich noch einmal treffen wolltest."
„Was für eine Frage!" antwortete ich, inzwischen klar im Kopf, „selbstverständlich wollte ich das. Nachdem du mich wie ein Paket abgeliefert hattest und wie ein Geist verschwunden warst, habe ich dich überall gesucht. Aber musst du unbedingt mitten in der Nacht kommen?"

Der weisse Rabe klapperte beleidigt mit dem Schnabel: „Wenn dir mein Besuch nicht passt, kann ich auch wieder abhauen."

„Um Gottes Willen, nein, bitte bleib", rief ich, „ich bin froh, dass du hier bist. Neulich hast du dich so schnell verdrückt, dass ich mich noch nicht einmal bedanken konnte."

Der weisse Rabe blieb bis zum frühen Morgen. Jetzt konnte ich ihm endlich alle Fragen stellen, die ich auf dem Herzen hatte. Ich fragte ihn, woher er komme, weshalb er mir geholfen, wie und wo er Deutsch gelernt habe und vieles andere mehr. Der weisse Rabe berichtete über seine frühere Kundschaftertätigkeit für die griechischen Götter, beklagte sich darüber, dass er, nur weil er weiß sei, von seinen schwarzen Artgenossen als Außenseiter verspottet werde, und dass er es ungerecht und grausam finde, dass ihn die erwachsenen Menschen wie unnützes Raubzeug verfolgten. Auch erklärte er, dass und wieso er die Sprachen sämtlicher Lebewesen verstehe.

„Dies ist keine Zauberei oder kein Trick", sagte er, „wenn man sein Gegenüber verstehen will, muss man nur richtig zuhören."

Der weisse Rabe interessierte sich aber auch für mein Leben. Und so erzählte ich ihm, dass mein Vater aus Australien komme, meine Mutter aus Deutschland, ich in Paris geboren sei, dann in Dublin gelebt habe und seit einem Jahr in London wohne.

„Da führst du ja ein sehr unruhiges Leben", krächzte der weisse Rabe, „fast wie ich. Macht dir das denn Spaß?"

„Nicht wirklich", antwortete ich. „Aber was soll ich tun? Mein Dad wird von seinen Bossen ständig in andere Länder versetzt. Wie sollte mir das Spaß machen? Immer wieder eine neue Wohnung, immer wieder neue Leute und immer wieder eine neue Schule mit neuen Schulkameraden. Und immer ging es wieder los, bevor ich richtige Freunde finden konnte."

Ich fragte den weissen Raben auch, wie er heiße. „Ich habe keinen Namen", krächzte er stolz. „Wozu brauche ich einen Namen? Ich bin doch der einzige weisse Rabe, den es auf unserer Erde gibt. Einen Namen braucht man nur, wenn man nicht einzigartig ist."

Wir unterhielten uns wie gute Freunde, die sich seit ewiger Zeit kennen. Erst als es draußen hell wurde, verabschiedete er sich. „Werden wir uns wiedersehen?", fragte ich ihn.

„Wenn du dir das wünschst, wird es sich schon einrichten lassen", krächzte er, hüpfte auf das Fensterbrett, wedelte zum Abschied mit den Flügeln und flog durch das offene Fenster der Sonne entgegen.

Der weisse Rabe hielt sein Versprechen. Wenn ich ihn herbeiwünschte, dann tauchte er bald auf. Meistens nachts, in meinem Schlafzimmer, manchmal aber auch tagsüber, dann aber an Orten, die er vorschlug. Ich liebte diese Treffen. Denn ich konnte dem weissen Raben alles erzählen, was mich bewegte oder ängstigte. Selbst die Dinge, über die ich mit meinen Eltern nicht sprechen konnte oder wollte. Er wusste immer einen guten Rat und fand für alle Probleme eine Lösung.

Außerdem erzählte er viele spannende Geschichten. Nicht etwa Ausgedachtes oder Märchen, sondern Abenteuer und Ereignisse, die er in den vergangenen 3500 Jahren erlebt oder beobachtet hatte.

Im Laufe der Zeit brachte er mir bei, wie man mit den Tieren umgehen muss, wenn man sie verstehen und sich mit ihnen unterhalten will. Ich erfuhr dadurch, dass auch Tiere Schmerz und Freude empfinden. Seitdem sehe ich sie mit völlig neuen Augen.

Bemerke ich z. B. auf dem Fußweg einen Regenwurm, der den Weg überqueren will, hebe ich ihn auf und bringe ihn in Sicherheit. Finde ich einen verletzten Vogel, bringe ich ihn zu einem Tierarzt. Notfalls bezahle ich den Tierarzt auch von meinem Taschengeld.

Richtig wütend werde ich, wenn ich eine Frau mit Pelzmantel aus echtem Fell sehe. Wurststullen und Steaks lasse ich jedoch durchgehen, allerdings mit etwas schlechtem Gewissen.

Etwa vier Jahre, nachdem mich der weisse Rabe am Wegweiser aufgelesen hatte, wurde mein Vater nach Berlin versetzt. Für mich bedeutete dies Abschied von meinen Londoner Freunden, Umzug in eine neue Wohnung, neue Nachbarn, neue Schule, neue Schulkameraden, wie alles schon mehrfach schmerzlich erlebt. Und der weisse Rabe? Wer etwa glaubt, der sei in England geblieben, irrt sich gewaltig. Ich hatte in Berlin noch nicht einmal richtig Fuß gefasst, da tauchte er auf. Nachts natürlich. Ich war gerade eingeschlafen.

„Wie geht es dir, mein Freund?", krächzte er.

Ich schreckte hoch, rieb mir den Schlaf aus den Augen und antwortete mit den gleichen Worten wie seinerzeit in London: „Weshalb kommst du erst heute?"

„Na, na", krächzte der weisse Rabe, „nicht schon wieder Vorwürfe. Sag mir lieber, wie es dir geht!"

„Eigentlich recht gut", antwortete ich, „besonders jetzt, wo ich weiß, dass du in Berlin bist."

„Hast du tatsächlich geglaubt, ich würde dich vergessen, nur weil du umgezogen bist?"

„Nein, nicht wirklich", sagte ich, „aber ich befürchtete ein wenig, dass du mich nicht finden würdest."

„Quatsch", krächzte der weisse Rabe, „ich werde dich immer und überall finden, natürlich nur, wenn du das auch willst. Heute bin ich gekommen, weil ich den Eindruck habe, dass du ein Problem hast. Das stimmt doch?"

„Toll, dass du das gemerkt hast", rief ich, „ich habe tatsächlich ein Problem."

„Dann mal los", antwortete der weisse Rabe, „auf den Tisch mit dem Problem."

„Kennst du einen Otto Lilienthal?"

„Persönlich nicht", antwortete der weisse Rabe. „Aber ich habe von ihm gehört. Er lebte vor ungefähr 130 Jahren. Weshalb fragst du?"

„Wir sollen über den Otto einen Aufsatz schreiben, und ich weiß nicht so richtig, wie ich da rangehen soll. Unser Geschichtslehrer sagt, Lilienthal sei der erste Mensch gewesen, der geflogen ist. Mit einem selbst gebauten Flugzeug. Stimmt das?"

„Nun, ein bisschen ist er schon geflogen", antwortete der weisse Rabe, „aber das waren nur kurze Übungsflüge. Auf seinem letzten Flug ist er abgestürzt."

„Und war Lilienthal nun der erste fliegende Mensch?", fragte ich.

„Nein, das war er nicht. Die ersten fliegenden Menschen lebten lange vor Lilienthal, vor ungefähr 3500 Jahren. Sie hießen Dädalos und Ikaros, zwei Athener, die Minos in das Labyrinth von Kreta eingesperrt hatte. Sie flohen aus dem Labyrinth mithilfe selbstgebauter Fluggeräte."

„Und woher weißt du das?"

„Ich habe nicht nur gesehen wie sie geflogen sind. Ich habe Dädalos und Ikaros sogar geholfen, die Fluggeräte zu bauen."

„Mann, wenn das stimmt", sagte ich, „dann weiß ich zum ersten Mal mehr als mein Geschichtslehrer. Aber ist das wirklich kein Märchen?"

„Wie kommst du darauf, dass ich Märchen erzähle?", krächzte der weisse Rabe eingeschnappt.

„Entschuldige, aber mein Lehrer hat doch gesagt …"

„Dein Lehrer weiß es halt nicht besser", krächzte der weisse Rabe. „Wie sollte er auch? Er lebte damals ja noch nicht. Alles, was in seinem Kopf ist, hat er aus Geschichtsbüchern. Und in denen steht manchmal auch etwas Falsches drin, weil die Autoren über die Jahrtausende hinweg voneinander abschreiben und dabei Fehler machen. Ich aber lebte damals auf Kreta und habe mit eigenen Augen gesehen, wie die beiden geflogen sind. Ihr Flug war zwar nicht so elegant wie der von uns Raben, aber die beiden sind geflogen."

„Weshalb waren Dädalos und Ikaros denn auf Kreta eingekerkert?", fragte ich.

„Das ist eine sehr lange und komplizierte Geschichte", krächzte der weisse Rabe. „Wenn du willst, erzähle ich sie dir. Das Schicksal der beiden, besonders das Schicksal von Ikaros, ist nämlich viel interessanter, als die Frage, wer der erste fliegende Mensch war."

„Bitte erzähl!", rief ich, „schlafen kann ich jetzt sowieso nicht mehr."

„Dann darfst du dich morgen früh aber nicht beschweren, dass du für die Schule zu müde bist", krächzte der weisse Rabe.

„Morgen ist doch Sonntag, da gibt es keine Schule", klärte ich ihn auf.

„Das passt ja hervorragend", krächzte der weisse Rabe, hüpfte auf das Fensterbrett, sodass ich ihn gut sehen und verstehen konnte, plusterte sich auf und begann zu erzählen:

Die Entführung der Europa

Als Dädalos und Ikaros lebten, wurde die griechische Welt von den olympischen Göttern beherrscht. Die zwölf wichtigsten waren in alphabetischer Reihenfolge: Aphrodite, Apollon, Ares, Artemis, Athena, Demeter, Hephaistos, Hera, Hermes, Hestia, Poseidon und Zeus. Diese Götter wurden als olympisch bezeichnet, weil sie, wenn sie ihr Unwesen nicht gerade anderswo trieben, auf dem Olymp lebten, dem höchsten Gebirge Griechenlands.

Chef der olympischen Götter war Zeus. Die anderen waren entweder seine Geschwister oder Kinder. Zeus – man nannte ihn auch Göttervater – war alles andere als ein guter Gott. Er missachtete nach Belieben alle moralischen Gesetze und spielte mit den Menschen wie mit Puppen. Selbst gegenüber den anderen Göttern verhielt er sich fragwürdig.

Er scheute nicht einmal davor zurück, die Göttin Hera zu verführen, obwohl sie seine Schwester war.

Da Zeus wusste, dass Hera Kuckucksvögel überaus liebte, verwandelte er sich in einen Kuckuck. Dann rief er ein gewaltiges Unwetter herbei. Wie von ihm erwartet, packte Hera den Kuckuck und steckte ihn schützend unter ihren Rock. Sofort nahm Zeus seine Göttergestalt wieder an und schwängerte sie. Die übertölpelte Hera zeigte Zeus nicht an. Bei wem sollte sie ihn, den obersten Gott, auch anzeigen. Stattdessen verliebte sie sich in ihn. Hera und Zeus heirateten und hatten miteinander vier Kinder.

Zeus blieb Hera allerdings nicht treu. Als notorischer Schürzenjäger hatte er eine Vielzahl von Liebschaften.

Die waren jedoch nie von Dauer, weil Hera maßlos eifersüchtig war und ihm die Hölle heiß machte, wenn sie ihn wieder einmal erwischt hatte.

Eines Tages verknallte sich Zeus in die schöne Europa, eine Tochter des phönizischen Königs Agenor. Zeus versuchte lange vergeblich, an sie heranzukommen. Das war schwierig, denn Europa war stets von Leibwächtern umgeben. Die hätte Zeus natürlich mit Gewalt ausschalten können. Das hätte ihm jedoch keinen Spaß gemacht. Er wollte Europa möglichst trickreich verführen. Hierzu ergab sich bald eine Gelegenheit. Zeus fand heraus, dass Europa für weisse Stiere schwärmte.

Als er sie einmal am Strand von Sidon, wo sie mit ihren Hofdamen im Mittelmeer badete, entdeckte, verwandelte er sich in einen weissen Stier und näherte sich vorsichtig seiner Angebeteten. Er hoffte, Europa würde sich herablassen, ihn zu kraulen. Und richtig, Europa war hin und weg. Noch nie hatte sie einen schöneren Stier gesehen als den, der ihr da wie ein Schmusetier entgegenkam. Europa begann, den Stier zu tätscheln und zu kraulen. Der verdrehte die Augen und schnurrte wie ein verliebter Kater. Dann ging er galant vor ihr in die Knie, eine Einladung, auf seinen Rücken zu steigen.

Kaum war dies geschehen, sprang der Stier auf, trabte blitzschnell zum Meer, stürzte sich in die Fluten und schwamm, mit Europa auf dem Rücken, nach Kreta. Dort nahm er wieder seine alte Gestalt an und verführte sie.

Da Europa erkannt hatte, wer ihr Verführer war, leistete sie keinen Widerstand. Im Gegenteil, sie fühlte sich geschmeichelt, von einem Gott begehrt zu werden.

Das Ergebnis der Affäre war Minos.

Zeus war zwar ein schlimmer Frauenheld. Er kümmerte sich jedoch um alle Kinder, die aus seinen Liebschaften hervorgingen. So auch um Minos.

Als Minos 18 Jahre alt wurde, machte Zeus ihn zum König von Kreta. Das war ein außerordentlich großzügiges Geburtstagsgeschenk, denn Kreta war damals die reichste und strategisch wichtigste Insel im östlichen Mittelmeer, mit einer schlagkräftigen Armee und einer gewaltigen Flotte.

Zeus war auch sehr voraussehend. Da er wusste, dass Minos zwar schlitzohrig, aber weder mutig noch klug war, beauftragte er den Meeresgott Poseidon, Minos unter die Arme zu greifen, falls dieser einmal in Schwierigkeiten geraten sollte. Das war schon bald der Fall.

Minos wurde zugetragen, dass einige Offiziere seiner Leibgarde einen Staatsstreich planten und ihn vom Thron jagen wollten. Er geriet in Panik und bat Poseidon um Hilfe.

Poseidon sagte zu, verlangte aber eine Gegenleistung.

Minos sollte ihm das Lebewesen opfern, das nach Zerschlagung der Rebellion als erstes aus dem Meer steigen würde.

Minos' Angst vor einem Verlust der Königswürde war so groß, dass er nicht lange überlegte und Poseidon das geforderte Opfer beim Leben seiner Frau Pasiphae versprach. Nunmehr rief Poseidon einen gewaltigen Wirbelsturm herbei, der die aufsässigen Offiziere in die Luft schleuderte und tötete.

Der Vorfall war Zeus nicht verborgen geblieben. Da er ahnte, dass sein Sohn versuchen würde, Poseidon um das Opfer zu betrügen, er ihm andererseits als Vater die Chance geben wollte, zu zeigen, dass er doch kein Betrüger war, beschloss er, ihn auf die Probe zu stellen. Zeus ließ unmittelbar nach der Tötung der rebellischen Offiziere einen überaus prächtigen weissen Stier aus dem Meer traben. Wie von Zeus befürchtet, widerstand Minos der Verlockung nicht. „Der Stier ist viel zu wertvoll für Poseidon", dachte er, „den werde ich zur Veredelung meiner Rinderherde einsetzen", und opferte Poseidon eine mickrige, weiß gefärbte Kuh. Poseidon merkte von dem Betrug nichts.

Zeus aber schäumte vor Wut. Er wollte und konnte den Betrug an Poseidon, der immerhin sein Lieblingsbruder war, nicht durchgehen lassen.

„Wo kämen wir hin, wenn Menschen – selbst wenn es Könige sind – uns Götter betrügen dürften!", tobte er und schoss eine Serie von Blitzen durch die Gegend, was er stets tat, wenn er sehr wütend war.

Wäre Minos nicht sein Sohn gewesen, Zeus hätte ihn sofort in das Totenreich, in den Hades verbannt. Stattdessen ließ er sich eine äußerst unappetitliche Strafe einfallen.

Er raubte der Gattin Minos', der jungen Königin Pasiphae, den Verstand und brachte sie dazu, sich in den Stier zu verlieben, um den sein Sohn den Meeresgott betrogen hatte. Pasiphaes Leidenschaft für den Stier wurde schließlich so übermächtig, dass sie alle Hemmungen verlor und den damals auf Kreta lebenden Dädalos anflehte, einen Weg zu finden, wie sie mit dem Stier den Liebesakt vollziehen könnte. Nach anfänglichen Bedenken – hierüber berichte ich später – konstruierte der geniale Dädalos eine mit Kuhfell überzogene hohle Attrappe aus Holz, die fast wie eine richtige Kuh aussah. Alsdann stellte er die Attrappe inmitten einer friedlich vor sich hin grasenden Rinderherde. Und was tat die liebestolle Pasiphae? Sie schlüpfte in die Attrappe und wartete.

Wie von ihr ersehnt, tauchte wenig später der ziemlich kurzsichtige Stier auf und besprang die Kuhattrappe mit der Königin.

Das Ergebnis dieser abartigen Liebe war Minotauros, eine Missgeburt von abgrundtiefer Hässlichkeit, mit den Schultern und dem Kopf eines Stiers und dem Körper eines Riesen.

Die wahrste Wahrheit

„Hast du all das, was du gerade erzählt hast, wirklich persönlich erlebt? Den Raub der Europa, den Betrug an Poseidon und die widerwärtige Sache mit der Zeugung des Minotauros?", fragte ich den weissen Raben.

„Ich habe dir doch schon vorhin gesagt, dass ich kein Märchenerzähler bin. Wenn du noch einmal damit anfängst, erzähle ich dir überhaupt nichts mehr", krächzte der Rabe.

„Bitte verzeih`, das war kein Misstrauen, sondern nur eine dumme Frage", antwortete ich entschuldigend.

„Nun gut", krächzte mein Rabenfreund, „um ganz genau zu sein, das meiste habe ich persönlich erlebt oder beobachtet.

Damals bin ich als Kundschafter von Zeus sehr viel herumgekommen und habe dadurch auch Dinge erfahren, die den Menschen verborgen blieben. Allerdings konnte ich natürlich nicht überall sein. Trotzdem versichere ich dir, dass alles so geschehen ist, wie ich es dir geschildert habe."

„Und was macht dich da so sicher?" fragte ich.

„Weil mir das, was ich nicht persönlich erlebt habe, der berühmte griechische Dichter Homer erzählt hat. Den kennst du doch?"

„Was heißt kennen?" antwortete ich. Ich weiß aus der Schule, dass Homer ein dickes Buch über Odysseus und den Trojanischen Krieg geschrieben hat."

„Richtig", sagte der weisse Rabe, „und das dicke Buch beweist, dass Homer verdammt viel wusste. Sonst hätte er es kaum schreiben können."

„Aber beweist das auch, dass Homer dir immer die Wahrheit erzählt hat?", fragte ich. „Vielleicht hat er sich die spannendsten Geschichten auch ausgedacht, um sich wichtig zu machen, oder er hat sie nur gedichtet? Und Dichten ist doch etwas ganz anderes als über Tatsachen zu berichten."

„Na und", krächzte der weisse Rabe, „Dichter sind der Wahrheit oft näher als Leute, die über etwas berichten, was sie meinen, gesehen zu haben."

„Das verstehe ich nicht. Was bedeutet das, der Wahrheit näher zu sein. Entweder ist etwas wahr oder es ist nicht wahr."

„Wenn das so einfach wäre", krächzte der weisse Rabe. „Häufig glaubt man, die Wahrheit erlebt zu haben, hat aber tatsächlich nur die Kulisse gesehen, hinter der sich die Wahrheit versteckt.

Ich gebe dir ein Beispiel: Stell dir vor, auf deinem Schulweg kommt dir ein freundlich lächelnder Mann entgegen. Ohne etwas Böses zu ahnen, gehst du auf ihn zu. Der aber zieht plötzlich eine Pistole, bedroht dich und raubt dich aus."

„Ich finde, das ist aber etwas komplett anderes als die hinter einer Kulisse versteckte Wahrheit", wandte ich ein, „hier hätte der Kerl mich doch bewusst getäuscht!

„Da hast du recht", antwortete der weisse Rabe, „das Beispiel passt nicht. Ich werde es mit einem anderen versuchen. Das ist aber ein ziemlich kompliziertes Beispiel und hat mit Dädalos oder Ikaros absolut nichts zu tun. Außerdem stammt es nicht von mir. Platon hat es mir vor etwa 2400 Jahren erzählt."

„Je komplizierter, desto spannender", antwortete ich. „Aber bitte erklär mir vorher, was ein Philosoph ist. Ich habe null Ahnung, was Philosophen eigentlich machen."

„Dann ist es allerhöchste Zeit, dass ich dich aufkläre", krächzte der weisse Rabe.

„Philosophen sind Menschen, die über alles Mögliche nachdenken. Sie wollen den Dingen auf den Grund gehen. Man kann auch sagen, sie suchen die wahrste Wahrheit. Sie grübeln über Fragen nach wie zum Beispiel: Weshalb gibt es die Welt? Weshalb sind wir so wie wir sind? Was ist der Sinn des Lebens? Was ist gut? Was ist böse? Was ist Wahrheit?

Was bedeutet Moral, was Gerechtigkeit? Was ist wirklich und nicht nur Schein?

Und über das Ergebnis ihrer Grübelei schreiben sie dicke Bücher. Alles klar?"

„So ungefähr. Aber weshalb denken die Philosophen über solche Fragen nach?"

„Das ist eine gute Frage", krächzte der weisse Rabe. „Auf die habe selbst ich keine Antwort. Möglicherweise sind die Philosophen besonders neugierige Menschen. Wie dem auch sei, jetzt erzähle ich dir erst einmal das von Platon ausgedachte Beispiel: Stell dir eine dunkle Höhle vor, in der drei Menschen Seite an Seite mit dem Rücken zum Höhleneingang sitzen. Sie sind seit jeher so an ihre Stühle gefesselt, dass sie sich weder zum Höhleneingang umdrehen noch nach links oder rechts blicken können. Alles, was sie sehen, ist die Wand vor ihnen, die von einer Lichtquelle angestrahlt wird, die sich vor dem Höhleneingang befindet.

Zwischen der Lichtquelle und dem Höhleneingang laufen Menschen von links nach rechts und von rechts nach links, sodass deren Schatten auf der Wand vor den gefesselten Menschen hin und her laufen. Was meinst du, was glauben diese Menschen zu sehen?"

„Keine Ahnung."

„Sie glauben, dass die Schatten nicht Schatten, sondern wirkliche Menschen sind. Und weshalb glauben sie das? Weil sie nur die Schatten kennen und nie wirkliche Menschen gesehen haben. Und was meinst du, mein Freund, was würde passieren, wenn einer der in Höhle sitzenden Menschen seine Fesseln zerreißt, sich zum Höhleneingang umdreht und die Höhle verlässt? Was würde der zu sehen glauben?"

„Ich denke, dass er gar nichts sieht, weil er von dem Licht zu stark geblendet wird."

„Kann sein", krächzte der weisse Rabe, „und wenn er sich an das Licht gewöhnt hat?"

„Vielleicht wird er glauben, dass das, was er sieht, die Schatten der Menschen sind, die er vermeintlich in der Höhle auf der Wand hin und her gehend gesehen hatte."

„Richtig, das wird er glauben und überzeugt sein, dass das die wahrste Wahrheit ist."

„Kennst du eigentlich die wahrste Wahrheit?"

„Wie kommst du darauf? Ich bin doch kein Philosoph.

Die Flucht aus Athen

Dädalos war gebürtiger Athener. Er galt als Griechenlands genialster Erfinder, Baumeister und Bildhauer. Überall standen seine Götterstatuen. Sie sahen so echt aus, dass sie von vielen Griechen für wirkliche Götter gehalten und angebetet wurden. Wegen seiner außerordentlichen Fähigkeiten war Dädalos ein gesuchter Ratgeber. Sogar für den Athener König Aigeus. Das machte ihn stolz, manche Leute sagten auch überheblich, und verschaffte ihm viele Neider.

Dädalos lebte mit seinem Sohn Ikaros und seinem Neffen Talos in der Oberstadt von Athen, auf der Akropolis. Dort wohnten neben der Königsfamilie nur die reichsten und mächtigsten Familien Athens. Ikaros' Mutter gab es nicht mehr. Als Ikaros seinen Vater einmal nach ihr fragte, erhielt er nur die Antwort, sie sei eine hübsche Sklavin aus Troja gewesen.

Talos war 16 Jahre alt, athletisch gebaut, phantasievoll, kreativ, gradlinig und bescheiden. Ikaros war ein Jahr jünger, eher schmächtig, nachdenklich und träumerisch.

Betreut wurden die beiden von Talos` Mutter Perdix, einer Schwester von Dädalos. Für Dädalos waren die beiden Jungen weniger Neffe und Sohn, als vielmehr Schüler, die er nach seinen Vorstellungen zu erziehen versuchte. Dies bedeutete, die Jungen mussten lernen und gehorchen.

Ikaros interessierte sich für die Tätigkeit seines Vaters nicht besonders. Ihn lockte mehr die Natur und alles, was da kreuchte und fleuchte. Talos hingegen interessierte sich für alles, was neu war. Er bastelte gern und fand es spannend, neue Geräte und Werkzeuge zu erfinden. „Die Welt ist noch nicht fertig", meinte er, „wir müssen sie weiterentwickeln, bis sie endgültig fertig ist."

„Und wann ist sie endgültig fertig?", fragte Ikaros. „Das weiß ich nicht", antwortete Talos, „ich weiß nur, dass sie noch nicht fertig ist. Würde es denn sonst Erfindungen geben?"

„Mag sein", antwortete Ikaros, „aber wenn ich mir das richtig überlege, brauche ich keine Erfindungen. Mir gefällt die Welt so, wie sie ist."

So gesehen, ähnelte Talos seinem Onkel Dädalos eher als Ikaros seinem Vater. Aber Talos war bei weitem nicht so ehrgeizig und ruhmsüchtig wie sein Onkel.

Talos hatte trotz seiner Jugend bereits viele nützliche Geräte und Werkzeuge erfunden, zum Beispiel die Säge, den Zirkel und die Töpferscheibe. Aus Bescheidenheit überließ er die Erfindungen aber Dädalos. „Ohne die Lehre bei meinem Onkel hätte ich nie etwas erfunden. Meine Erfindungen sind deshalb seine Erfindungen", sagte er sich. Der ruhmsüchtige Dädalos hingegen, hatte keine Skrupel, die Erfindungen seines Neffen als eigene auszugeben.

Talos und Ikaros verbrachten jede freie Minute miteinander. Und freie Minuten hatten sie im Übermaß, da Dädalos so stark beschäftigt war, dass er für die Jungen nur selten Zeit hatte. Obwohl sie völlig unterschiedlichen Talente und Interessen hatten, verstanden sich die beiden wie Zwillingsbrüder. Sie waren praktisch unzertrennlich.

In Athen sprach sich bald herum, dass viele der Erfindungen, mit denen Dädalos prahlte, in Wirklichkeit von Talos stammten. Das ärgerte und beunruhigte Dädalos.

Er befürchtete nämlich, dass Talos berühmter als er werden könne. Außerdem unterstellte er seinem Neffen, überall herumzuerzählen, was er bereits alles erfunden hatte.

Schließlich wurde Dädalos auf seinen Neffen derart eifersüchtig, dass er darüber nachzudenken begann, wie er ihn dazu bringen könnte, die Erfinderei aufzugeben.

Ikaros bekam davon nichts mit. Für ihn war und blieb sein Vater der unerreichbar größte Erfinder von ganz Griechenland.
Auch Talos merkte nichts. Er war stolz und dankbar, dass er seinem berühmten Lehrmeister hin und wieder eine eigene Erfindung vorführen und schenken durfte.

Eines Nachts, es war kurz vor Sonnenaufgang, riss Dädalos seinen Sohn aus dem Schlaf. „Wir müssen sofort aufbrechen", flüsterte er, „unser Schiff wartet im Hafen."
„Weshalb müssen wir denn sofort aufbrechen", fragte Ikaros schlaftrunken, „und wohin?"
„Nicht so laut", zischte Dädalos, „willst du ganz Athen aufwecken? Für Erklärungen habe ich jetzt keine Zeit. Wir reisen nach Kreta. Minos, der König von Kreta, braucht mich in einer höchst geheimen Staatsangelegenheit."

„Und was ist mit Talos?", fragte Ikaros. „Kommt er mit nach Kreta?"

„Dein Freund kommt bald nach", antwortete Dädalos barsch. „Steh auf und mach dich endlich reisefertig."

Ikaros tat, wie ihm befohlen, denn er wusste, dass jeder Widerspruch sinnlos gewesen wäre. Er war jedoch beunruhigt, weil alles so schnell gehen sollte, und traurig, weil Dädalos ihm noch nicht einmal erlaubte, sich von Talos zu verabschieden. Aber Vater hatte ja versprochen, dass Talos bald nachkommen werde. „Zusammen mit Talos wird es sich auch auf Kreta leben lassen", sagte er sich.

In Athens Hafen Piräus bestiegen Vater und Sohn ein schmales wendiges Segelschiff. Erstaunt stellte Ikaros fest, dass das Schiff voll bepackt war. Selbst das gesamte Werkzeug seines Vaters war an Bord. „Bleiben wir lange auf Kreta?", fragte er..

„Das kommt darauf an", antwortete der Vater.

„Worauf kommt es an?"

„Frag nicht so viel", antwortete Dädalos gereizt, „pack lieber die Ruder und rudere."

Er selbst übernahm das Steuer. Von seinem Vater angetrieben, legte sich Ikaros kräftig in die Riemen und ruderte so schnell er irgend konnte.

Erst am Hafenausgang, als sie vom Ufer aus nicht mehr zu sehen waren, setzte Dädalos das Segel und erlaubte seinem schweißnass gewordenen Sohn, die Ruder beiseite zu legen.

„Weshalb hat Vater das Segel erst jetzt gesetzt?", fragte sich Ikaros. „Soll etwa niemand sehen, dass wir Athen verlassen?"

Vater und Sohn hatten Glück. Die See blieb ruhig. Der Wind blies jedoch heftig genug, um das Schiff zügig voran zu treiben. Nach vier Tagen und vier Nächten erreichten sie Kreta. In einer kleinen Bucht, etwa drei Stunden Fußweg von Knossos entfernt, gingen sie an Land.

Der Palast von Knossos

Kreta war für Dädalos kein unbekanntes Land. Vor vielen Jahren, Ikaros war noch nicht geboren, hatte er dort schon einmal gelebt, um im Auftrag von Minos den Palast von Knossos zu bauen.

Der Palast von Knossos bestand nicht nur aus einem einzigen Palastgebäude, sondern war eine richtige Stadt, mit vielen, um einen zentralen Platz angeordneten und miteinander verschachtelten Gebäuden. Der Platz war Marktplatz und Forum zugleich.

In dem prächtigsten Gebäude lebte die Königsfamilie mit ihrem Hofstaat. Dort, im Thronsaal natürlich, empfing der König Staatsgäste und hielt Audienzen ab. In den anderen Gebäuden waren die für die Verwaltung des Königreiches verantwortlichen Beamten mit ihren Familien untergebracht. Außerdem gab es in Knossos ein Theater, riesige Vorratslager für Getreide, Olivenöl, Wein, Honig und andere Lebensmittel, sowie eine Vielzahl von Werkstätten, in denen die unterschiedlichsten Handwerker arbeiteten: Töpfer, Weber, Färber, Goldschmiede, Waffenschmiede und Schmuckhersteller.

Außerhalb des Palastkomplexes lebten die Sklaven. Sie waren in schäbigen Hütten untergebracht und mussten die schwersten und schmutzigsten Arbeiten verrichten.

Du fragst, woher die Sklaven kamen?

Sie stammten überwiegend aus den Städten und Ländern, die Kreta überfallen hatte. Damals war es nämlich üblich, dass die Sieger die eroberten Städte und Länder plünderten und niederbrannten. Zudem verschleppte man die arbeitsfähigen Männer, Frauen und Kinder als Kriegsbeute, um sie als Arbeitstiere zu missbrauchen oder auf Sklavenmärkten wie eine Handelsware meistbietend zu versteigern.

Sklave konnte aber auch werden, wer seine Schulden nicht bezahlte. Es kam sogar vor, dass verschuldete Männer ihre Frauen oder Töchter an ihre Gläubiger verkauften.

Sklaven waren rechtlos. Sie waren Eigentum ihres jeweiligen Herrn, mussten ohne Lohn arbeiten, und konnten, wenn sie nicht spurten, geschlagen oder gar getötet werden.

Der Bau des Palastes dauerte viele Jahre. Während dieser Zeit lernte Dädalos die schöne Pasiphae kennen, die der Kreterkönig Minos gerade geheiratet hatte. Der raffinierte Dädalos umschmeichelte sie. Er hoffte, sie könne Minos dazu bringen, sein Honorar für den Bau des Palastes zu erhöhen. Minos war nämlich äußerst geizig und bezahlte Dädalos schlecht.

Wenn er wollte, konnte Dädalos ein ausgesprochener Charmeur sein. Deshalb gelang es ihm schnell, das Vertrauen der Königin zu gewinnen. Sie vertraute ihm schließlich so sehr, dass sie ihm ihre abartige Liebe zu dem weissen Stier offenbarte und ihm eine hohe Belohnung versprach, wenn er die Kuhattrappe bauen würde, über die ich bereits berichtet habe.

Dädalos zögerte zunächst. Nicht etwa aus moralischen Gründen, sondern aus Angst vor Minos' Rache, wenn der herausfände, dass er, Dädalos, die Kuhattrappe gebaut hatte. Dann aber sagte er sich, Minos bezahlt mich für meine wertvollen Dienste so miserabel, dass ich mir die Belohnung für den Bau der Attrappe nicht entgehen lassen sollte.

Im Nachhinein machte sich Dädalos allerdings Vorwürfe. Denn der mithilfe der Attrappe gezeugte Minotauros entwickelte sich zu einem monströsen Ungeheuer, das nur durch regelmäßige Menschenopfer besänftigt werden konnte. Alle drei Jahre mussten ihm sieben Jünglinge und sieben Jungfrauen geopfert werden. Wenn es diese gefressen hatte, schlief es für die Dauer von drei Jahren, um dann heißhungrig aufzuwachen und solange zu wüten und zu brüllen, bis ihm neue Menschenopfer dargebracht wurden.

Du wirst dich wahrscheinlich fragen, weshalb man den Minotauros nicht einfach getötet hat. Es gab in Kreta jedoch niemanden, der es gewagt hätte, das Ungeheuer anzutasten. Zum einen war der Minotauros überaus stark. Zum anderen glaubten die Kreter, dass das Ungeheuer das Werkzeug eines Gottes sei. Und Göttern sollte man besser nicht ins Handwerk pfuschen, meinten sie.

„Wenn man – aus welchen Gründen auch immer – das Ungeheuer nicht töten kann, muss es wenigstens ausbruchsicher eingesperrt werden", befahl Minos.
Aber wie und wo? Hier war wieder einmal der erfinderische Baumeister Dädalos gefragt.

Minos beauftragte Dädalos, seine Arbeit an dem Palast zu unterbrechen und für den Minotauros einen Kerker zu konstruieren, aus dem das Ungeheuer, einmal drin, nicht mehr herauskommen konnte.
Dies war sogar für den genialen Dädalos eine ungemein schwierige Aufgabe. Man müsste den Minotauros in eine der vielen Felshöhlen Kretas locken und diese dann mit großen Felsbrocken verschließen, überlegte er. Aber das war keine Lösung, denn das Ungeheuer würde früher oder später selbst die größten Felsbrocken wegschleudern und ausbrechen.

Minotauros in ein festes Gebäude mit dicken Mauern und Stahltüren einzusperren, kam auch nicht in Betracht, weil Minotauros auch die dicksten Mauern zertrümmern und die stärksten Stahltüren aufbrechen würde. Man könnte zwar versuchen, einen Ausbruch dadurch zu verhindern, dass man den Minotauros ankettete. Aber auch das war reine Theorie, denn es gab keine Kette, die stark genug gewesen wäre, der unbändigen Kraft des Ungeheuers zu widerstehen.

Dädalos überlegte: „Wenn Mauern, Stahltüren oder Ketten den Minotauros nicht bändigen können, muss ich ein Gefängnis ohne Mauern und ohne Türen konstruieren."

Die Lösung war das Labyrinth, ein in einen Berg hinein gebauter Irrgarten ohne Türen, mit einem verzweigten, total verwirrenden Gangsystem und so vielen Wegschleifen, Kurven und verspiegelten Sackgassen, dass niemand, der sich erst einmal darin verfangen hatte, den Ausgang finden würde.

Und genau solch ein Gefängnis baute Dädalos. Als es fertig war, wurde das Ungeheuer mithilfe eines als Lockvogel missbrauchten jungen Sklaven hineingelockt. Jetzt konnte der Minotauros noch so sehr wüten, er kam nicht mehr heraus. Nur Dädalos, der Architekt, wäre in der Lage gewesen, den Minotauros zu befreien.

Ein verhängnisvoller Feldzug

Minos hatte mit Pasiphae acht Kinder. Für Ikaros' Schicksal sind jedoch nur Androgeos und Ariadne von Bedeutung. Androgeos, mit 18 Jahren zwei Jahre älter als seine Schwester Ariadne, war kühn, groß und kräftig, hatte eine schmale gerade Nase, schwarze Haare und strahlend blaue Augen. Er war sehr beliebt, denn er hatte eine offene Art und behandelte alle Menschen mit Respekt. Außerdem war er Kretas bester Sportler. Es gab keinen Wettkampf, den er nicht gewann.

Böse Zungen behaupteten allerdings, dass er nur deshalb immer siege, weil er der Sohn des Königs sei.
Eines Tages hörte Androgeos, dass auf der Halbinsel Attika, in der Nähe von Athen, ein wilder Stier wüte und alles zerstöre, was ihm in die Quere komme, und dass bislang kein Athener es gewagt habe, gegen den Stier zu kämpfen, um ihn zu töten. Dies war für Androgeos die lang ersehnte Chance, der Welt beweisen zu können, dass er nicht nur ein Spitzensportler war, sondern auch ein furchtloser Kämpfer, der vor nichts und niemandem Angst hatte.

Du fragst dich vielleicht, weshalb Androgeos nicht erst einmal den Minotauros getötet hat, bevor er sich nach Athen aufmachte, um den dortigen Stier zu bekämpfen. Das lag nicht an Androgeos. Der hätte seine Heimat nur allzu gerne von dem Ungeheuer befreit. Aber Minos hatte ihm dies verboten. Zum einen glaubte Minos wie die meisten Kreter, dass der Minotauros das Werkzeug eines Gottes sei. Zum anderen war das Ungeheuer für ihn ein hervorragendes Mittel, sich für die Kreter unverzichtbar zu machen. Er hatte nämlich überall verbreiten lassen, dass nur er in der Lage sei, seine Untertanen vor dem Minotauros zu schützen.

Als Ariadne von dem Plan ihres Bruders erfuhr, warnte sie ihn. „Du weißt", sagte sie, „alle Athener hassen uns. Sie sind neidisch, weil wir reicher als sie sind. Und Neid, lieber Bruder, macht hinterlistig und führt zu Mord und Totschlag."
„Quatsch", antwortete Androgeos, „das ist doch nur ein schwachsinniges Gerücht", und schiffte sich frohgemut nach Athen ein. Dort verkündete er stolz, er sei gekommen, um Attika endlich von dem gefährlichen Stier zu befreien.

Überraschenderweise lachten ihn die Athener aus. „Ein junger Athener habe den Stier schon vor Wochen getötet", prahlten sie. „Dafür brauchten wir keinen hergelaufenen Kreter. Weshalb bist du nicht früher gekommen? Du hattest wohl Angst vor unserem Stier? Ihr Kreter solltet lieber gegen alte Kühe kämpfen!", spotteten sie.

Die Beleidigung traf den stolzen Kreter Königssohn hart. „Haben die Athener den gefährlichen Stier etwa nur erfunden, um mich nach Athen zu locken?", fragte er sich voll böser Ahnungen. „Hatte Ariadne vielleicht doch recht mit ihrer Warnung?"

Er beschloss, schnellstens nach Kreta zurückzukehren. Inzwischen war es jedoch zu dunkel geworden, um sich noch einzuschiffen. Er musste also in Athen übernachten. Aber wo? Da er nach dem Empfang durch die Athener einen Mordanschlag befürchtete, suchte er eine Herberge, in der er möglichst anonym bleiben konnte.

Nach einigem Suchen fand er außerhalb der Mauern von Athen eine kleine, ihm vertrauenswürdig erscheinende Unterkunft. Ohne nach Herkunft und Namen zu fragen, wies der Wirt ihm einen Schlafplatz zu. Dies hätte Androgeos misstrauisch machen müssen. Andererseits, der Wirt kannte ihn ja nicht, er konnte ihn also nicht verraten.

Außerdem war es für Androgeos unvorstellbar, dass er als Gast einer Herberge unter Verletzung des in allen Teilen Griechenlands geltenden Gastrechts angegriffen werden könnte. Welch verhängnisvoller Irrtum.

Kaum hatte er sich einquartiert und seine Waffen abgelegt, ließ der Wirt einen mit einer Stiermaske verkleideten bewaffneten Athener in die Herberge, der den völlig arglosen Androgeos mit einer Doppelaxt erschlug.

Etwa einen Monat nach Androgeos' Aufbruch nach Athen hatte Ariadne einen schrecklichen Traum. Sie träumte genau das, was ihrem Bruder widerfahren war. Bestürzt lief sie zu ihrem Vater.

„Androgeos ist in Gefahr!", rief sie und berichtete ihm von ihrem Albtraum. Jetzt wurde auch Minos unruhig. Er entsandte einen Boten zu Aigeus, dem König von Athen, mit der höflichen Bitte, nach Androgeos suchen zu lassen.

Als König von Athen war Aigeus natürlich darüber informiert, was mit Androgeos geschehen war. Um sich Ärger mit Kreta zu ersparen, wollte er den Mord jedoch vertuschen. Deshalb lehnte er es ab, den Boten zu empfangen. Er ließ ihm über einen seiner Beamten ausrichten, dass Androgeos im Kampf gegen einen wilden Stier umgekommen sei.

Minos konnte das nicht glauben. „Nie und nimmer ist mein kampfgestählter Sohn einem Stier zum Opfer gefallen", sagte er sich. Ariadnes Traum im Hinterkopf, schickte er einen zweiten Boten zu Aigeus, um Einzelheiten über den Tod seines Sohnes zu erbitten. Aigeus empfing auch diesen Boten nicht.

Es sei eine Beleidigung, ihn, den König von Athen, durch einen Boten ausfragen zu lassen, wie Androgeos umgekommen sei, schimpfte er. Wenn Minos etwas von ihm wissen wolle, müsse er schon persönlich nach Athen kommen. Nunmehr war Minos beleidigt. Und es kam, wie es kommen musste: Minos rüstet seine riesige Flotte auf und stach mit mehreren Kohorten schwer bewaffneter Leibgardisten Richtung Athen in See.

Eigentlich wollte er keinen Krieg. Er führte nämlich grundsätzlich nur Kriege, die er nicht verlieren konnte.

Das war bei einer Auseinandersetzung mit Athen alles andere als sicher, denn Athen verfügte über eine schlagkräftige Streitmacht. Minos hoffte, Aigeus durch den Flottenaufmarsch so stark beeindrucken zu können, dass dieser sich ohne Krieg entschuldigen und eine angemessene Wiedergutmachung für Androgeos' Ermordung anbieten würde.

Die Rechnung ging nicht auf. Aigeus ließ sich nicht beeindrucken.

Um sein Gesicht zu wahren, blieb Minos jetzt nichts anderes übrig, als Athen anzugreifen. Wie von ihm befürchtet, leider erfolglos. Nachdem seine Streitkräfte über Monate vergeblich gegen die Stadtmauern von Athen angerannt waren, musste sich Minos eingestehen, dass er keine Chance hatte, Athen zu bezwingen. Er bat deshalb seinen Vater Zeus um Hilfe. Und der half, weil es ihm Vergnügen bereitete, seine manchmal recht eigenwillige Tochter Athena, die Schutzgöttin von Athen, zu ärgern.

Zeus arrangierte, dass in Athen die Pest ausbrach.

Diese höchst gefährliche, heute so gut wie ausgestorbene Seuche, zwang Aigeus in die Knie. Verzweifelt bat er Minos um einen sechsmonatigen Waffenstillstand, in der Hoffnung, dass es seinen Ärzten gelingen würde, die Seuche in längstens sechs Monaten zu besiegen. Danach wollte er den Kampf wieder aufnehmen.

Zunächst fand Minos den Vorschlag gut, denn er befürchtete nicht zu unrecht, dass die Schlagkraft und Gesundheit seiner Kämpfer durch Eroberung und Plünderung der pestverseuchten Stadt gefährdet werden würde.

Dann aber erkannte er, dass eine befristete Waffenruhe nur für Athen vorteilhaft war, weil er nach der Waffenruhe vor dem gleichen Problem gestanden hätte, wie vor Ausbruch der Pest, nämlich vor der unüberwindbaren Stadtmauer von Athen. Also nutzte er die durch die Pest verursachte Schwäche Athens aus und lehnte Aigeus' Bitte ab. Auf Druck von Zeus erklärte er sich aber bereit, auf die Eroberung, Plünderung und Zerstörung Athen zu verzichten, wenn sich Aigeus im Gegenzug verpflichten würde, alle drei Jahre sieben junge Männer und sieben junge Mädchen als Opfer für den Minotauros nach Kreta zu schicken.

Zähneknirschend stimmte der Athener König zu, denn er wusste, dass Minos unter dem Schutz des Göttervaters Zeus stand, der wesentlich mächtiger als Athens Schutzgöttin Athena war.

Seit diesem Deal fuhr alle drei Jahre ein Schiff von Athen nach Kreta, an Bord je sieben Jünglinge und Mädchen, die man in Athen als Opfer für den schrecklichen Minotauros ausgelost hatte.

Der Pegasos

Ikaros wunderte sich, dass bei ihrer Landung kein Abgesandter des Königs zu sehen war. Niemand war am Ufer, um sie zu begrüßen.

„Wenn Minos meinen Vater nach Kreta ruft, hätte er doch zumindest einen Boten schicken können, um uns nach Knossos zu geleiten", dachte Ikaros. Jetzt sah es aber so aus, als hätte Minos sie überhaupt nicht erwartet.

„Weshalb begrüßt uns hier niemand?", fragte er den Vater.

„Schweig, Sohn!", antwortete Dädalos, „es steht dir nicht zu, solche Fragen zu stellen. Außerdem habe ich dir doch schon gesagt, dass mich der Kreterkönig wegen eines höchst geheimen Auftrages nach Kreta gerufen hat. Niemand – auch kein Kreter – darf von unserer Ankunft erfahren."

„Was ist Kreta doch für ein seltsames Land", dachte Ikaros, „wenn der König seinem Volk nicht traut."

Ikaros hatte auf dem im Wellengang stark schlingernden kleinen Segelschiff kaum schlafen können. Müde fragte er, ob er sich vor dem Marsch nach Knossos nicht ein wenig ausruhen dürfe. Zu seiner Überraschung - Dädalos ließ normalerweise keine Schwäche zu - war der Vater einverstanden. „Da die Sonne bereits untergegangen ist und ich nicht im Dunklen in Knossos eintreffen will", sagte er, „werden wir hier übernachten. Dann sind wir ausgeruht, wenn wir dem König gegenübertreten."

Dädalos fand unter einem alten knorrigen Ölbaum einen windgeschützten, moosbedeckten Schlafplatz. „Hier kannst du bis zum Sonnenaufgang schlafen", sagte er zu Ikaros.
Ikaros aß - bevor er sich in den Schatten des Ölbaumes legte - einige Feigen und löschte seinen Durst aus einer nahen Quelle. Kurz danach schlief er tief und fest.

Plötzlich ein ungewöhnliches Geräusch. Von irgendwoher knirschte und stöhnte es. Ikaros öffnete die Augen und stellte verwundert fest, dass das Geräusch aus dem alten Ölbaum kam, unter den er sich zum Schlafen gelegt hatte. Der Baum reckte sich und stöhnte, als wolle er irgendetwas gebären. Sekunden später war der Baum kein Baum mehr, sondern ein elegantes weisses Pferd mit Flügeln.

„Sei gegrüßt, Ikaros", rief das seltsame Pferd, „ich habe auf dich gewartet."

„Wieso kennst du mich, und weshalb hast du auf mich gewartet?", fragte Ikaros.

„Das wirst du rechtzeitig genug erfahren", rief das Pferd, „spring auf meinen Rücken!"

Die Stimme klang so befehlend, dass Ikaros ohne zu zögern gehorchte. Kaum war er aufgesessen, begann das Pferd zu galoppieren. Für das geflügelte Pferd gab es keine Hindernisse. Nach wenigen Minuten rasanten Ritts setzte es zu einem gewaltigen Sprung an. Jetzt galoppierte es nicht mehr, sondern flog, so hoch, dass Ikaros die Wolken berühren konnte.

Ikaros verspürte keine Angst. Es schien ihm völlig normal, auf dem Rücken eines Pferdes durch die Gegend zu fliegen.

„Wohin fliegen wir?", rief er dem Pferd zu.

Eine gestrenge Stimme antwortete: „Sohn, werde endlich wach! Es ist Zeit aufzubrechen."

Verschlafen öffnete Ikaros die Augen. „Was ist mit mir geschehen?", fragte er sich. „Wo ist das seltsame Pferd?" Ikaros sah sich um. Weit und breit kein Pferd. Und der Ölbaum, der sich in das Pferd verwandelt hatte, war wieder ein Ölbaum, knorrig und unbeweglich.

„Hast du schon einmal ein Pferd mit Flügeln gesehen?", fragte er den Vater.

„Nein", erwiderte Dädalos, „das habe ich leider noch nicht. Aber ich weiß, dass es ein Pferd mit Flügeln gibt. Es ist der Pegasos."

„Weshalb sagst du leider?

„Weil ich mir seit jeher wünsche, dem Pegasos zu begegnen. Denn wem dies geschieht, gehört zu den auserwählten Menschen, mit denen die Götter etwas ganz Besonderes vorhaben. Inzwischen befürchte ich, dass ich nicht zu den von den Göttern auserwählten Menschen gehöre.

Aber verrate mir, mein Sohn, weshalb interessierst du dich für dieses magische Pferd?"

Ikaros horchte auf. „Wenn das stimmt, was mein Vater sagt, was mögen die Götter dann mit mir vorhaben?", fragte er sich. Er wollte aber seinen Traum für sich behalten. Deshalb beantwortete er die Frage des Vaters mit einer Gegenfrage:

„Glaubst du, dass wir irgendwann einmal fliegen können?"

„Mag sein", antwortete Dädalos, „wenn die Götter es wollen. Aber jetzt steh endlich auf. Minos wartet auf uns."

Damals gab es auf Kreta außerhalb der Palastkomplexe noch keine ausgebauten Straßen. Nur von der Natur geschaffene Pfade die über Stock und Stein gingen. Dädalos und Ikaros brauchten deshalb gut drei Stunden, um Knossos zu erreichen. Am Palasteingang erwartete sie ein Offizier der königlichen Leibgarde.

„Ich habe den Befehl, euch zum König zu bringen", rief der Offizier mit schneidender Stimme, „der König will wissen, weshalb ihr nach Knossos gekommen seid."

Ikaros sah den Vater fragend an. Hatte der nicht gesagt, der König erwarte ihn? Dann müsste der König doch wissen, weshalb wir hier sind?

Dädalos bittet um Asyl

Der Offizier führte die beiden in den Thronsaal und verschwand wortlos.

Wenige Minuten später erschien Minos, eingerahmt von zwölf pechschwarzen afrikanischen Leibwächtern. Je drei vor und hinter sich, drei rechts und drei links neben sich, alle bewaffnet mit Kurzschwertern und Stoßlanzen und geschützt durch Brustpanzer aus Bronze und Helmen mit imposanten Kammbüschen.

Die Leibwächter waren so groß und massig, dass Minos wie hinter einer lebendigen Mauer nahezu komplett verborgen war. Als Dädalos an den König herantreten wollte, um ihn zu begrüßen, stoppten sie ihn, indem sie die Lanzen kreuzten und die Schwerter zückten.

Ikaros wunderte sich. „Hatte der König etwa Angst?"

Dädalos verbeugte sich tief. „Mein König, ich stehe zu deinen Diensten", sagte er servil.

So hatte Ikaros seinen Vater noch niemals erlebt. Wenn Dädalos mit Athens König Aigeus zusammentraf, verhielt er sich total anders. Er begrüßte den Athener König zwar ehrerbietig, aber niemals unterwürfig wie jetzt den König von Kreta.

Minos schwieg und starrte Dädalos streng an. Dann zeigte er auf Ikaros. „Ist das dein Sohn?", fragte er.

„Ja, mein König", antwortete Dädalos, „das ist mein Sohn Ikaros."

Jetzt richtete Minos seinen Blick auf Ikaros und sagte verbittert: „Dein Sohn gleicht meinem Sohn Androgeos, den ihr Athener ermordet habt."

„Der Mord an deinem Sohn tut mir von Herzen leid", erwiderte Dädalos. „Ich habe aber mit seinem Tod nichts zu tun!"

„Papperlapapp!" schrie Minos, „was heißt das, dass du mit seinem Tod nichts zu tun hast? Alle Athener sind schuldig. Auch du, selbst wenn du an dem Mord nicht persönlich beteiligt warst. Was hast du denn getan, um das Verbrechen zu verhindern?"

„Bitte, gnädigster König, bitte verschone uns", flehte Dädalos, sich noch tiefer als bei der Begrüßung verbeugend. „Wie hätte ich den Mord verhindern können?

Ich habe von dem schrecklichen Verbrechen erst gehört, als es schon geschehen war. Außerdem habe ich mich von Athen losgesagt und bin bereit, dir mit all meinen Fähigkeiten uneingeschränkt zu dienen. Mit meinen neuen Ideen könnte ich deinen Ruhm und deine Macht ganz erheblich mehren."

„Wie das?", fragte Minos, neugierig geworden. „Weshalb hast du dich von Athen losgesagt?"

„Ich habe Athen einfach satt", antwortete Dädalos. „Die Athener fürchten jeden Fortschritt. Keine meiner Ideen kann ich da verwirklichen."

„Hm, hm", knurrte Minos, „fahre fort!"

„Du bist total anders als König Aigeus. Du bist kein Schwächling wie er, sondern willensstark und fortschrittlich.

Du bist ein echter König. Du weißt, was für Kreta richtig ist, und entscheidest, ohne dich von dem Gequassel der Bürgerversammlung behindern zu lassen. Mit dir könnte ich meine Ideen zum Wohle von Kreta verwirklichen. Bitte gewähre meinem Sohn und mir Asyl."

Minos fühlte sich zum ersten Mal seit langer Zeit richtig verstanden. „Endlich ist da jemand, der meine wahre Größe erkennt", dachte er.

„Athener hin oder her", überlegte er weiter, „der Kerl ist für mich nützlich. Wer den Palast von Knossos und das Labyrinth bauen konnte, kann auch neue Waffen entwickeln und meine veraltete Flotte modernisieren."

Diese Gedanken verriet er natürlich nicht, sondern antwortete nach einer längeren Kunstpause: „Da du schon einmal hier bist und mir früher gute Dienste geleistet hast, darfst du mit deinem Sohn bis auf weiteres bleiben. Richte dir eine Werkstatt ein und warte auf meine Anweisungen."

Alsdann zog er sich in seine Gemächer zurück.

Ikaros war entsetzt, dass sich sein Vater, der in Athen hochrangiger Bürger war, dem Kreterkönig wie ein Sklave unterworfen hatte. Und er war traurig, denn nach dem, was er von seinem Vater gehört hatte, befürchtete er, dass er sein geliebtes Athen niemals wiedersehen würde.

„Weshalb nur hat Vater unsere Heimat verraten und weshalb hat er mich belogen?", grübelte er. „Hat er mich etwa auch belogen, als er sagte, Talos werde bald nach Kreta nachkommen?"

„Bevor du weitererzählst", unterbrach ich den weissen Raben, „was war eigentlich eine Bürgerversammlung, war es ein Parlament?"

„Da liegst du richtig", krächzte der weisse Rabe, „die Bürgerversammlung war eine Art Parlament. Sie beschloss die Gesetze und Regeln, nach denen alle Bürger leben sollten. Auch über die allgemeinen Angelegenheiten des Staates bestimmte die Bürgerversammlung, wie zum Beispiel über die Vorratshaltung für Notfälle, die Kriegsführung, die Ausrüstung des Militärs und über einige Dinge mehr. Und starb der König ohne Sohn als Nachfolger, war es an der Bürgerversammlung, einen neuen König zu küren.

Zwischen dem Parlament, das du aus Deutschland kennst, und der Bürgerversammlung gab es jedoch einen bedeutsamen Unterschied. Die Mitglieder der Bürgerversammlung wurden nicht von den Bürgern Athens in gleichen und freien Wahlen gewählt. Es gab überhaupt keine Wahl. Alle Vollbürger waren automatisch Mitglieder der Bürgerversammlung. Und Vollbürger waren nur die Männer, die so reich waren, dass sie für ihren Lebensunterhalt nicht arbeiten mussten, also von niemanden abhängig waren. Nur solche völlig freien Männer seien - das meinte man damals - befähigt, über die Angelegenheiten des Staates und über die Regeln, nach denen die Menschen leben sollen, zu entscheiden."

„Da finde ich aber unser Parlament viel besser. Es mag ja sein, dass die Ultrareichen unabhängig und frei sind. Ich glaube aber nicht, dass das ausreicht, um gerechte Gesetze zu machen. Die Reichen werden doch nur Gesetze beschließen, die gut für sie selbst sind. Wusste man damals noch nicht, dass alle Menschen, arm oder reich, Mann oder Frau, gleich und damit auch gleichberechtigt sind?"

„Wahrscheinlich hatten die Menschen darüber noch nicht richtig nachgedacht. Genau weiß ich das nicht. Wir Raben haben das Problem jedenfalls nicht. Wir kommen ohne Parlament aus."
Wieso klappt das bei euch?"
„Du stellst aber Fragen, mein Freund", krächzte der weisse Rabe. „Ich weiß zwar nicht weshalb, aber bei uns Raben funktioniert das Miteinander ohne Parlament. Wir brauchen auch keine Gesetze, Könige oder sonstige Herrscher. Übrigens, auch Kreta hatte eine Bürgerversammlung. Die war jedoch bedeutungslos, denn Minos setzte sich, gestützt auf die Leibgarde, über alle von der Bürgerversammlung beschlossenen Gesetze hinweg. Sein Wort war das oberste Gesetz."

Das Spitzelnetz

Dädalos wurde ein am Marktplatz von Knossos gelegenes kleines Haus mit zwei Räumen zugewiesen, einem kleinen als Wohn- und Schlafzimmer und einem großen als Werkstatt.

Ikaros war beunruhigt. „Weshalb hat uns der König so feindselig empfangen?", fragte er sich. „Das passt doch überhaupt nicht zu der Behauptung des Vaters, der König habe ihn wegen einer wichtigen Staatsangelegenheit nach Kreta eingeladen. Irgendetwas konnte da nicht stimmen."

Dädalos versuchte seinen Sohn zu beruhigen. „Du hast dich wahrscheinlich über den seltsamen Empfang durch den König gewundert", sagte er. „Mach dir darüber keine Gedanken. Das war alles nur gespielt, weil die Kreter nicht erfahren sollen, dass ihr König mich nach Kreta gerufen hat. Sie sollen glauben, dass wir auf eigene Faust gekommen sind.

Das ändert aber nichts daran, dass er mich wegen einer höchst geheimen Sache eingeladen hat."

Ikaros verbiss sich die Frage, um was es sich bei der geheimen Sache denn handele. Der Vater hätte bestimmt geantwortet, die Sache sei so geheim, dass er nichts verraten dürfe.

Von der Reise erschöpft, legte sich Ikaros auf den Boden des Schlafraums und schlief sofort ein. Erneut kam sein Lieblingstraum: der Traum vom Fliegen. Er flog schwerelos wie ein Adler und grenzenlos frei über das Meer in Richtung Athen. Aber es war nur ein schöner Traum.
Denn als die Sonne aufging, war er nicht in Athen, sondern lag auf dem harten Boden seiner neuen Bleibe in Knossos.

Ikaros war deprimiert. Vom Vater keine Spur. „Bestimmt ist er schon in der Werkstatt und arbeitet an der angeblich so geheimen Sache", vermutete er. Nur allzu gern hätte er jetzt mit seinem Vater geredet. Nicht über etwas Konkretes. Sondern über irgendetwas, nur um zu merken, dass er nicht allein war. Er wagte aber nicht, ihn in der Werkstatt aufzusuchen. Dädalos konnte nämlich sehr aufbrausend werden, wenn man ihn bei der Arbeit störte.

„Was soll ich jetzt nur machen?" fragte sich Ikaros. „Wenn doch nur Talos hier wäre! Der hätte sich bestimmt auch hier zurechtgefunden."

Bis auf die paar Feigen am Vortag hatte Ikaros seit der Landung auf Kreta nichts gegessen. Sein Magen knurrte.

Da Nichtstun nicht satt macht, beschloss er, das Haus zu verlassen und die Umgebung zu erkunden. „Irgendwo werde ich schon etwas Essbares finden", sagte er sich. Aber er hatte ein mulmiges Gefühl.

Hoffentlich ergreifen mich nicht gleich die Leibgardisten des Königs und sperren mich ein. Andererseits, ich habe ja nichts verbrochen und bin nur hungrig und durstig. Und das kann doch nicht verboten sein."

„In Kreta war damals sehr viel verboten", krächzte der weisse Rabe. „Das lag an dem krankhaften Misstrauen des Königs. Der traute niemanden. Selbst Zeus nicht. Das konnte man noch verstehen, denn Zeus behandelte Minos, wie eigentlich alle Menschen, ziemlich willkürlich. Im Krieg gegen Athen hatte er ihn unterstützt, bei der Ermordung von Androgeos ihn jedoch im Stich gelassen.

Zeus sah das natürlich anders. Er erwartete, dass die Menschen alles, was die Götter mit ihnen anstellten, kritiklos hinnehmen.

Dass Zeus so dachte, weiß ich aus erster Hand, denn ich war damals sein Kundschafter und hatte den Auftrag, Minos zu beobachten und regelmäßig zu berichten, was dieser so trieb. Wenn ich Zeus dann Bericht erstattete, erklärte er mir oft seine Sicht der Dinge."

Minos vermutete überall Verschwörungen. Er hielt alle Kreter für hinterhältige Verräter, die ihn vom Thron stürzen wollten. Oder für Spione ausländischer, ihm feindlich gesinnter Mächte. Deshalb hatte er Kreta mit einem Netz willfähriger Spitzel überzogen, die vermeintliche Verschwörer entdecken und ausspähen sollten. Und weil Minos keinem Kreter traute, setzte er als Spitzel ausschließlich Spartaner, Phönizier oder Ägypter ein. Die Spitzel wirkten im Geheimen. Zwar wusste jeder, dass es Spitzel gab, aber niemandem, außer Minos und dem Kommandanten der Leibgarde, war bekannt, wer ein Spitzel war.

Bei Erfolg erhielten die Spitzel hohe Belohnungen. Dies verführte sie, möglichst viele Menschen anzuschwärzen. Sie waren hierbei alles andere als zurückhaltend.

Selbst der geringste Verdacht – zum Beispiel Witze über Minos – genügte für eine Anzeige. Minos kannte dann kein Pardon. Die Beschuldigten wurden ohne Gerichtsverfahren aus ihren Ämtern gejagt und versklavt oder gar, wenn sie Pech hatten, grausam hingerichtet. Minos war dabei Ankläger und Richter in einer Person.

Du fragst dich vielleicht, weshalb sich die Bürger gegen die Bespitzelung nicht gewehrt haben. Sie wollten ihre Ruhe haben. „Da Minos von seinen Leibwächtern rund um die Uhr geschützt wird, haben wir gegen ihn doch keine Chance", meinten sie.

Außerdem befürchteten sie nicht zu Unrecht, dass Minos über seine Spitzel sofort erfahren würde, wenn sich gegen ihn etwas zusammenbraute, er also jede Opposition brutal zerschlagen konnte, bevor sie sich richtig organisiert hatte. Aus all diesen Gründen zogen es die Kreter vor, sich zu ducken und bei Minos lieb Kind zu spielen.

Als Dädalos und Ikaros in Kreta eintrafen, war die Stimmung unter den Bürgern Kretas miserabel. Weniger wegen der Bespitzelung, damit hatten sie sich arrangiert, sondern wegen der wirtschaftlichen Lage.

Das einstmals sehr wohlhabende Kreta war durch Minos Prunksucht – neben dem riesigen Palast von Knossos hatte er auch die Paläste von Phaisto und Malia bauen lassen – und durch das teure Spitzelnetz in finanzielle Schwierigkeiten geraten. Deshalb verlangte Minos von seinen Untertanen immer höhere Abgaben. Die hatten deren Vermögen langsam aufgefressen.

Minos blieb die schlechte Stimmung nicht verborgen. Da er wie die meisten Diktatoren von seinen Untertanen geliebt werden wollte, begann er darüber nachzugrübeln, wie er ihre Herzen zurückgewinnen könne.

„Ich werde meine Kreter reich machen", sagte er sich schließlich, „dann werden sie mich auch wieder lieben."

Und der einfachste Weg, zu Reichtum zu kommen, war das Erobern und Ausplündern fremder Länder. Aber dafür musste zunächst Kretas veraltete Flotte modernisiert werden. Und genau für diesen Job wollte er Dädalos einsetzen.

Ikaros trifft Ariadne

Ikaros öffnete die Tür. Gleißendes Sonnenlicht begrüßte ihn. Vor ihm lag der zentrale Marktplatz. Noch war er unbelebt. Ikaros versuchte, sich zu orientieren. Vergeblich. Wie sollte er auch, denn Knossos war mit seinen vielen, miteinander und ineinander verschachtelten Gebäuden sehr unübersichtlich.

„Ich muss versuchen", überlegte er, „aus Knossos zu verschwinden, bevor des Königs Leibwächter ihren Dienst antreten." Nach dem gestrigen, feindseligen Empfang erwartete er von denen nichts Gutes.

„Aber wie komme ich aus dem Palastkomplex heraus? Ach, könnte ich doch fliegen", seufzte er. „Dann würde ich über die Gebäude des Palastes hinweg in die Freiheit fliegen und niemand, weder der König noch die Leibgardisten noch der Vater könnten dies verhindern."

Plötzlich sah er wie eine Gruppe vornehm gekleideter Menschen den Königspalast verließ.

„Ob das wohl die Königsfamilie ist?", fragte er sich.

Aber Minos war nicht dabei, auch kein Leibwächter. Neugierig ging Ikaros auf die Gruppe zu. Jetzt erkannte er, dass es Höflinge waren, die ein hochgewachsenes, kostbar gekleidetes junges Mädchen mit tiefbraunen Augen und schwarzen, leicht gekräuselten langen Haaren begleiteten.

Ikaros staunte. So ein schönes Mädchen hatte er noch nie gesehen. Und dann blieb das Mädchen auch noch stehen und blickte ihn neugierig an. „Wer bist du Fremdling?", fragte es.

Ich bin Ikaros."

„Ikaros wer?"

„Ich bin Ikaros, der Sohn von Dädalos."

„Wo ist dein Vater und was machst du hier?", fragte das Mädchen weiter.

„Mein Vater ist in der Werkstatt. Er arbeitet für den König", antwortete Ikaros. „Aber wer bist du?"

„Das weißt du nicht?", entgegnete das Mädchen verwundert.

„Ich bin Ariadne, die Tochter des Königs."

„Entschuldige bitte", antwortete Ikaros, „das habe ich wirklich nicht gewusst. Ich komme nämlich aus Athen."

Ariadne drehte sich abrupt um.

„Weshalb wendest du dich ab?", rief Ikaros. „Habe ich etwas falsch gemacht? Habe ich dich beleidigt, weil ich nicht wusste, dass du eine Prinzessin bist?"

„Alle Athener haben etwas falsch gemacht", antwortete Ariadne traurig, „ihr habt meinen Bruder Androgeos ermordet."

„Ich bin doch erst 15 Jahre alt. Wie kann ich da an der Ermordung deines Bruders schuld sein? Wenn du aber meinst, dass ich schuldig bin, nur weil ich aus Athen komme, dann rufe die Leibgarde deines Vaters und lass mich in den Kerker werfen. Da kriege ich wenigstens etwas zu essen!"

Ariadne zögerte. Dann wandte sie sich Ikaros wieder zu.

„Du brauchst keine Angst zu haben", sagte sie freundlich, „ich werde keinen Leibgardisten rufen. Mein Bruder würde auch nicht wieder lebendig werden, wenn man dich einsperrt. Außerdem hat mich der weise Kelios gelehrt, dass es falsch ist, Verbrechen mit der Bestrafung Unschuldiger zu rächen. Denn dadurch entsteht neues Unrecht, das wiederum nach neuer Rache ruft. Aber bitte verstehe, dass ich immer an die Ermordung meines Bruder denken muss, wenn ich einen Athener treffe."

„Das verstehe ich", entgegnete Ikaros, „wenn ich einen jungen Athener treffe, denke ich immer an meinen Freund Talos, der leider in Athen zurückbleiben musste."

„Wer ist Talos?", fragte Ariadne.

Alsdann erzählte Ikaros der Prinzessin von Talos und der plötzlichen Abreise aus Athen.

„Das klingt alles sehr seltsam", sagte Ariadne nachdenklich. „Darüber würde ich gern mehr erfahren."

„Kein Problem", antwortete Ikaros, „und du könntest mir Kreta erklären, denn von deiner Heimat weiß ich rein gar nichts."
„Kein Problem", entgegnete Ariadne, „aber nicht sofort. Jetzt muss ich erst einmal in den Tempel. Und was hast du vor?"
„Keine Ahnung", antwortete Ikaros, "ich weiß nur, dass ich wahnsinnig hungrig und durstig bin."

„Das lässt sich ändern", sagte Ariadne. „Während ich im Tempel bin, wird sich meine Lieblingssklavin Agluja um dich kümmern. Sie wird dafür sorgen, dass du nicht hungrig und durstig bleibst."

Der Aufrüstungsplan

Kaum hatte Dädalos die Werkstatt eingerichtet, befahl ihm Minos über einen Boten, sich unverzüglich im Thronsaal einzufinden. Dädalos ließ alles stehen und liegen und eilte zum Königspalast.

Minos ließ ihn warten, wahrscheinlich, um ihn seine Überlegenheit spüren zu lassen und zu demütigen. Erst nach einer guten Stunde erschien er mit den zwölf riesigen Leibgardisten. Zehn schickte er sofort vor die Tür. Nur zwei blieben bei ihm.

„Die", Minos er zeigte auf die beiden zurückgebliebenen, „schweigen wie ein Grab", erklärte er. „Sie können weder hören noch sprechen. Das ist notwendig, weil alles, was ich dir jetzt sagen werde, absolut geheim bleiben muss."

Dann schwieg er und starrte Dädalos an, bis der – unruhig geworden – die Initiative ergriff und Minos untertänig fragte, was er ihm denn zu sagen habe.

„Glaube nur nicht, dass du mir etwas vormachen kannst!",
brüllte Minos ohne Übergang. „Ich weiß, dass du aus Athen
nicht abgehauen bist, weil du mit Athen gebrochen hast und
mir deine Dienste anbieten willst.

Du bist aus Athen geflohen, weil man dich in Athen wegen
der Ermordung deines Neffen Talos angeklagt hat. Eigentlich
sollte ich dich sofort nach Athen zurückjagen. Aber ich will
gnädig sein. Wenn du bei den Göttern schwörst, mir ab sofort
bedingungslos zu dienen und mir dein gesamtes Wissen und
all deine Talente zur Verfügung zu stellen, darfst du hier
bleiben."

Dädalos erblasste. Damit, dass Minos von Talos wusste, hatte
er nicht gerechnet. Er fing sich aber schnell.

„Selbstverständlich mein König", antwortete er,
„ich stehe dir voll und ganz zur Verfügung. Was darf ich für
dich tun?"

„Meine Untertanen sind seit einiger Zeit unzufrieden",
schimpfte Minos. „Die Dummköpfe behaupten, es gehe ihnen
wirtschaftlich immer schlechter und ich sei schuld daran. Das
ist natürlich totaler Unsinn. Was kann ich denn dafür, wenn
die ihr Vermögen verprassen. Trotzdem ist es meine Aufgabe
als ihr Landesvater, dafür zu sorgen, dass sie wieder zu
Wohlstand kommen."

„Und wie kann ich dir dabei helfen?"

„Ich will Sizilien angreifen, und du sollst mir bei der Kriegsvorbereitung helfen."

„Ich verstehe nicht, was haben deine Bürger denn davon, wenn du Sizilien überfällst?"

„Spiel mir nicht den Naiven", erwiderte Minos ungeduldig, „du weißt genau, gewonnene Kriege bringen Beute, von der auch die Bürger profitieren. Und Sizilien ist ein sehr reiches Land. Deine Aufgabe ist es, meine Kriegsflotte so zu modernisieren und aufzurüsten, dass ich mit meinen Truppen blitzschnell nach Sizilien übersetzen und die Armee des sizilianischen Königs niederringen kann. Außerdem befehle ich dir, mir endlich die Superwaffe zu beschaffen, die du mir schon vor zig Jahren versprochen hast."

In der Tat hatte Dädalos Minos gegenüber im Zusammenhang mit dem Bau des Labyrinths schon einmal damit geprahlt, dass er an der Entwicklung einer unüberwindbaren Superwaffe arbeite. In Wirklichkeit hatte er aber bislang nur vage darüber nachgedacht, dass es eigentlich spannend wäre, eine Waffe zu konstruieren, mit der man, wie der Gottvater Zeus, Blitze auf seine Feinde schleudern kann.

Ohne auf Minos Befehl bezüglich der Waffe einzugehen, antwortete Dädalos, dass es für ihn eine Ehre sei, dabei mitwirken zu dürfen, Kretas Kriegsflotte auf den neusten Stand der Technik zu bringen.

Und bevor Minos reagierte, ergänzte er augenzwinkernd: „Ich habe noch eine andere Idee. Was hältst du davon, wenn wir zusätzlich ein paar superschnelle wendige Galeeren bauen würden, die man zum Entern fremder Handelsschiffe einsetzen könnte?"

Jetzt wurde Minos hellwach: „Willst du mir etwa vorschlagen, in die Piraterie einzusteigen?"

„Ich würde das nicht so nennen", entgegnete Dädalos vorsichtig, „aber wenn man die richtigen Schiffen hat, kann das sehr lukrativ sein."

„Hm, wenn du es so siehst", sagte Minos. „Es darf aber nicht bekannt werden, dass die Galeeren in meinem Auftrag auf der Jagd nach Handelsschiffen sind."

„Wie sollte das passieren?", antwortete Dädalos listig. „Dich rühmt man doch als den erfolgreichsten Piratenjäger des Mittelmeers. Da wird niemand auf den Gedanken kommen, dass es deine Schiffe sind."

„Genial!", rief Minos. „Wie lange brauchst du für die Galeeren?"

„Ich schätze ein Jahr", antwortete Dädalos.

„Das ist viel zu lange?", brüllte Minos. „Ich gebe dir maximal neun Monate. Falls du das nicht schaffst, jage ich dich nach Athen zurück."

„Okay! Okay!", fiel Dädalos dem König ins Wort, „das kann ich hinkriegen, vorausgesetzt, du stellst mir die dafür notwendigen Werkzeuge, Materialien und Hilfskräfte zu Verfügung."

„Kein Problem", antwortete Minos.

„Eine Bitte habe ich aber noch", sagte Dädalos.

„Rede!", herrschte Minos ihn an.

„Willst du mich wirklich die ganzen neun Monate in Knossos gefangen halten?"

„Was soll die Frage", antwortete Minos scharf, „glaubst du wirklich, ich würde dich Schlitzohr frei herumlaufen lassen?

Dädalos schluckte: „Und was ist mit meinem Sohn?"

„Der darf sich innerhalb meines Königreichs frei bewegen.

Ich werde Ariadne beauftragen, sich um ihn zu kümmern und ihm Kreta schmackhaft zu machen."

„Hoffentlich gelingt ihr das", dachte Dädalos, „dann könnte ich mich voll auf meine Arbeit konzentrieren."

Kreta vor 3500 Jahren

„Wie groß ist Kreta eigentlich?", unterbrach ich den weissen Raben. „Und wie lebten die Kreter damals?"

„Da werde ich mich aber sehr kurz fassen müssen", krächzte der weisse Rabe, „sonst geht die Sonne auf, bevor ich meinen Bericht über Dädalos und Ikaros beendet habe. Also, pass auf: Kreta ist die größte Insel im östlichen Mittelmeer und hat eine Fläche von ca. 82 000 km², ein Viertel der Fläche von Deutschland. Vor 3500 Jahren war es ein reiches, eigenständiges Königsreich. Große Teile Kretas waren bewaldet. Es gab Zypressen, Kiefern, Dattelpalmen, Ölbäume, Zedern und viel Busch- und Strauchwerk. Das Klima war sehr mild und der Boden fruchtbar. Angebaut wurden Weizen, Gerste, Gemüse, Wein und Gewürzkräuter. Außerdem wurden Oliven und Nüsse geerntet und Bienenhonig gesammelt.

Die fruchtbarsten Böden gehörten den reichen Bürgern, die ihr Land von Sklaven bearbeiten ließen.

Die meisten Bürger Kretas lebten in einem der Palastkomplexe Knossos, Zakros, Phaisto, Malia oder Palekastro. Ausgenommen die Bauern, Schäfer und Fischer. Die lebten in kleinen, aus wenigen Hütten bestehenden Siedlungen außerhalb der Paläste.

Auf Kreta gab es häufig heftige Vulkanausbrüche und starke Erdbeben, die immer wieder große Schäden anrichteten und die Menschen in Angst und Schrecken versetzten. Die Kreter glaubten, dass diese Naturkatastrophen Strafaktionen der Götter seien. Sie hatten allerdings keine Ahnung, für welche Sünden sie bestraft werden sollten.

‚Es genügt, wenn die Götter das wissen', meinten sie und dankten den Göttern, wenn sie ohne größere Verletzungen oder Schäden davon kamen.

Feste Straßen gab es damals nicht. Nur von der Natur geschaffene Pfade. Wer von A nach B kommen wollte, musste also einen dieser Pfade nehmen, was sehr beschwerlich war und natürlich viel länger dauerte als die heutigen Reisen mit Autos, Eisenbahnen oder Flugzeugen.

Und wie die Leute bekleidet waren? Die Männer trugen Lendenschurz oder ein kurzes rockartiges Chiton. Und die Frauen trugen bis zu den Knöcheln reichende farbenprächtige Rüschenröcke mit Mieder.

So, das wär es, mein Freund. Viel mehr habe ich über das Leben in dem alten Kreta nicht behalten."
„Okay, das reicht mir auch", antwortete ich. „Außerdem gibt es das alte Kreta ja nicht mehr. Ich habe gelesen, dass Kreta heute zu Griechenland gehört und eine moderne Ferieninsel ist. Erzähle mir lieber, wie es mit Ikaros weiterging."

Kelios, der weise Hirte

„Du erinnerst dich", fuhr der weisse Rabe fort, „Ariadne hatte Agluja beauftragt, dafür zu sorgen, dass Ikaros etwas zu essen und zu trinken bekommt. Das klappte hervorragend.
Kaum war Ariadne im Tempel verschwunden, brachte ein Sklave Gerstenbrot, Käse, Oliven und Weintrauben sowie einen großen Krug Ziegenmilch.

Ikaros` Stimmung drehte sich sofort. „Mit einem vollen Magen sieht die Welt schon besser aus", seufzte er zufrieden. Leider war Agluja ihrer Herrin in den Tempel gefolgt. Ikaros konnte sie also nicht fragen, wie man aus dem Palastgelände herauskommt. Mit dem Sklaven war kein Gespräch möglich. Der schwieg auf jede Frage. „Entweder er versteht mich nicht, oder man hat ihm verboten, mit mir zu reden", dachte Ikaros.

Da sich Ikaros langweilte, beschloss er, seinen Vater in der Werkstatt aufzusuchen. Er hoffte, dass der Vater endlich wieder einmal mit ihm reden und ihm vielleicht sogar verraten würde, weshalb sie Athen so überstürzt verlassen hatten.
Aber wie meistens wich Dädalos allen Fragen aus. „Darüber sprechen wir später", sagte er mürrisch. „Jetzt habe ich für den König zu arbeiten. Minos hat übrigens Prinzessin Ariadne beauftragt, dir Kreta zu zeigen. Das ist eine große Ehre für dich. Ich erwarte, dass du dich ihr gegenüber respektvoll benimmst."

Das was der Vater ihm über Ariadne gesagt hatte, machte Ikaros traurig. Er hatte geglaubt, Ariadne sei ohne Hintergedanken so freundlich zu ihm gewesen und würde sich für ihn wirklich interessieren.

Jetzt aber musste er vermuten, dass sie im Auftrag ihres Vaters gehandelt hatte, und ihn nur ausspionieren und kontrollieren wollte.

Ikaros verließ die Werkstatt, um noch einmal zu versuchen, aus dem Palastkomplex herauszukommen. Er sehnte sich nach freier Luft. Ohne Minos, ohne die schrecklichen Leibwächter und ohne all die vielen fremden Menschen, die in dem Komplex herumliefen. Aber wie den Ausgang finden? Der Palast war wahnsinnig verwinkelt und völlig unübersichtlich. Wenn Ikaros glaubte, endlich den Ausgang gefunden zu haben, versperrte ihm ein neues Gebäude den Weg. Auf dem Marktplatz einen der unzähligen Menschen anzusprechen und nach dem Ausgang zu fragen, wagte er nicht. Er fürchtete, dass man dann Minos sofort melden würde, dass er nach dem Palastausgang gefragt habe, also zu fliehen beabsichtigte.

Ikaros wollte schon aufgeben und in die Werkstatt zurückkehren, als Ariadne auftauchte. Zu seiner Überraschung ohne Höflinge, Bedienstete oder Leibwächter. So etwas hatte er noch nie erlebt, eine Königstochter ohne Hofstaat.

„Hallo, Ikaros!", rief sie fröhlich, „ich habe dich gesucht. Wir wollten uns doch noch unterhalten. Hat dir Agluja genug zu essen und zu trinken besorgt?"

„Ja, hat sie", entgegnete Ikaros schroff.
„Nanu, weshalb so brummig?", fragte Ariadne erstaunt. „Was für eine Laus ist dir über die Leber gelaufen? War das Essen etwa nicht gut genug für einen Athener?"

Jetzt schämte sich Ikaros wegen seiner Unfreundlichkeit. „Immerhin hat mich die Prinzessin mit Essen und Trinken versorgt. Selbst wenn sie beauftragt sein sollte, mich zu auszuspionieren, verdient sie ein wenig Dankbarkeit", sagte er sich. „Außerdem, soll sie mich doch ausspionieren. Was habe ich schon zu verbergen?"

„Nein, das Essen war prima", antwortete er höflich, „vielen Dank. Entschuldige bitte, dass ich vorhin so schroff war. Aber seit ich in Knossos bin, habe ich ständig schlimme Kopfschmerzen. Die vielen Menschen und der Lärm aus den Werkstätten machen mich ganz verrückt. Aus Athen bin ich so etwas nicht gewohnt. Kannst du mir zeigen, wie ich aus Knossos rauskomme? Vielleicht gehen die Kopfschmerzen weg, wenn ich im Freien bin."

„Kein Problem", antwortete Ariadne, „ich muss manchmal auch einfach raus, weg von den vielen Menschen.

Ich kenne nicht allzu weit von hier einen tollen Platz, der dir bestimmt gefallen wird. Wenn du ein paar Minuten wartest, führe ich dich hin. Ich muss mich vorher umziehen, damit mich nicht jeder gleich erkennt."

„Einverstanden", sagte Ikaros, „ich warte hier."

Sofort war das verdammte Misstrauen wieder da. „Vielleicht ist das mit dem Umziehen nur eine Ausrede? Jetzt wird sie wahrscheinlich ihrem Vater melden, dass ich aus Knossos fliehen will und ihm sagen, dass sie mich begleiten werde, damit ich unter Kontrolle bleibe", dachte er. Als Ariadne jedoch, gekleidet wie eine junge Sklavin, zurück kam, war das Misstrauen weg.

„Obwohl du auch als Sklavin super aussiehst, wird man dich so bestimmt nicht für die Königstochter halten", rief er. „Aber hast du keine Angst, dass man dich als herumstreunende Sklavin aufgreift?"

„Nein", antwortete Ariadne, „notfalls behauptest du, ich sei deine Sklavin. Dir wird man glauben, denn du bist wie ein vornehmer Ausländer gekleidet. Die werden meistens von ihren Sklaven begleitet werden, wenn sie in Kreta unterwegs sind."

„Eine Königstochter als meine Sklavin, das ist ein Ding", dachte Ikaros. „Wenn das Talos sehen würde."

„Dann mal los", sagte er zu Ariadne. „Ich bin gespannt, wohin du mich führst."

Nach etwa einer Stunde erreichten sie einen mit Olivenbäumen bewachsenen kleinen Hügel, auf dem die Hütte eines Schäfers stand. „Da hinten ist mein Freund Kelios mit seinen Schafen", rief Ariadne. Sie zeigte auf einen hoch gewachsenen Greis mit gekraustem silbernen Vollbart, weissen, hinten zu einem Zopf zusammengebundenen Haaren, und einem von Wind und Wetter gegerbten Gesicht, der lächelnd auf sie zukam.

„Es ist schön, dass du mich wieder einmal besuchst, meine kleine Prinzessin", begrüßte er Ariadne. „Wer ist denn der Jüngling an deiner Seite?"

„Das ist mein Freund Ikaros. Er kommt aus Athen", antwortete Ariadne.

„Gehört er etwa zu den bedauernswerten Jünglingen, die dem Minotauros geopfert werden sollen?"

„Nein, wo denkst du hin?", antwortete Ariadne, „es ist der Sohn des berühmten Baumeisters und Erfinders Dädalos, der seit einigen Tagen auf Kreta ist, um meinem Vater bei irgendeiner wichtigen Sache zu helfen."

„So, so, Dädalos ist wieder einmal auf Kreta", sagte Kelios nachdenklich.

Dass ihn die Königstochter als ihren Freund aus Athen vorgestellt hatte, schmeichelte Ikaros, machte ihn aber auch ein wenig verlegen. Ansonsten verstand er nichts. „Wer ist der alte Schäfer, der Ariadne sofort erkannt hat, obwohl sie als Sklavin verkleidet ist? Woher nimmt er sich das Recht, mit der Königstochter wie ein Gleichgestellter zu sprechen? Und was bedeutete seine Frage, ob ich zu den Jünglingen gehöre, die geopfert werden sollen?"

„Kinder", sagte der Schäfer weiter, „ihr seid bestimmt hungrig und durstig. In meiner Hütte findet ihr frische Schafsmilch Weintrauben, Datteln und Käse. Bedient euch. Leider kann ich euch keine Gesellschaft leisten. Ich muss mich um meine Schafe kümmern."

„Vielen Dank", antwortete Ariadne, „der Marsch hat mich in der Tat durstig und hungrig gemacht. Komm Ikaros, gehen wir zur Hütte. Mit Kelios können wir uns danach noch unterhalten."

„Wusste Kelios denn, dass wir kommen?", fragte Ikaros seine neue Freundin.

„Vielleicht ja, vielleicht nein. Aber ist das wichtig?", antwortete Ariadne. „Wichtig ist doch nur, dass er uns freundlich empfangen hat."

Die Antwort irritierte Ikaros. „Weshalb sagt Ariadne nicht einfach ‚ja‘ oder ‚nein‘?", fragte er sich.

Wenig später saßen die beiden auf einer mit Fellen bedeckten Steinbank vor der Hütte, tranken aus einem Tonkrug Milch, und aßen von den Vorräten, die sie in der Hütte gefunden hatten. Sie schwiegen.

Ikaros wollte nicht vorlaut erscheinen und wartete auf das erste Wort der Königstochter.

„Hier habe ich früher oft mit Androgeos gesessen", begann sie schließlich. „Hier waren wir unbeobachtet und konnten über all unsere Probleme sprechen. Oft war Kelios dabei. Wenn wir nicht weiterkamen, wusste er meistens eine gute Antwort. Und wenn wir traurig waren, tröstete er uns."

„Was für Probleme hattet ihr denn?", fragte Ikaros.

„Das werde ich dir erzählen, wenn wir uns besser kennen", antwortete Ariadne ausweichend.

Ikaros wunderte sich.

„Ich wette, Kelios war nicht immer Schäfer", sagte er nach einer Weile.

„Du hast recht", erwiderte Ariadne, „Kelios lebte früher mit uns im Palast. Wegen seiner Klugheit und Weisheit war er der wichtigste Berater meines Vaters. Außerdem war er unser Lehrer, das heißt, der Lehrer von mir und Androgeos."

„Und weshalb ist er jetzt ein einfacher Schäfer?"

„Vor einigen Jahren wurde er von meinem Vater entlassen und aus dem Palast verbannt. Den Grund kenne ich nicht. Ich vermute, es war etwas Politisches."

„Und trotzdem ist er noch dein Freund? Weiß dein Vater davon?"

„Kelios wird immer mein Freund bleiben. Ich besuche ihn, so oft ich mich zu ihm schleichen kann. Mein Vater weiß natürlich nichts davon. Er würde toben, wenn er es erführe."

Ikaros staunte. Er hätte nie gedacht, dass Ariadne etwas gegen den Willen ihres Vaters machen würde. „Wie passt das mit ihrem Auftrag zusammen, mich auszuspionieren?" fragte er sich. „Spielt sie mir nur etwas vor, um mein Vertrauen zu gewinnen?"

Gleich darauf ärgerte er sich über seinen Verdacht. Er mochte sie nämlich und fühlte sich in ihrer Gegenwart ausgesprochen wohl. Aber wie das fatale Misstrauen loswerden?

„Weißt du wirklich nicht, weshalb Kelios aus Knossos verbannt wurde?", fragte er.

„Nein, wirklich nicht", antwortete Ariadne. „Mein Vater hat mir nur gesagt, dass Kelios ein Verräter sei."

„Glaubst du das auch?"

„Nein, nie und nimmer ist Kelios ein Verräter."

„Und was sagt Kelios?"

„Der schweigt, wenn ich das Thema antippe. Nur einmal bemerkte er, dass er sich mit meinem Vater gestritten habe, weil er Kreters Bürger entmündigt und durch seine Prunksucht arm gemacht habe."

„Und das hat er dir, der Tochter des Königs, gesagt? Hat er denn keine Angst, dass du das deinem Vater weitererzählst?"

„Nein, Kelios weiß, dass er mir vertrauen kann."

„Kreta steckt ja voller Geheimnisse", dachte Ikaros. „Was ist hier nur los? Alle Leute schweigen, reden drum herum oder in Rätseln." Außerdem bedrückte es ihn, dass er sich immer noch nicht hundertprozentig sicher war, auf welcher Seite Ariadne stand.

„So kann es nicht weitergehen", sagte er sich schließlich, „ich muss endlich Klarheit haben."

Ikaros blickte Ariadne prüfend an. Sie schaute freundlich zurück. „Was hast du?", fragte sie.

„Eigentlich nichts", antwortete er zögernd, aber…"

„Was heißt `aber`? Du hast also etwas."

„Ja, du hast recht. Ich habe ein Problem. Ich werde den Gedanken nicht los, dass du nur deshalb so freundlich zu mir bist, weil dein Vater das von dir erwartet, und dass du mich in Wirklichkeit ausspionieren willst."

„Wie kommst du auf eine so blödsinnige Idee!" rief Ariadne empört.

„Mein Vater behauptet, dass du dich mit mir triffst, weil der König das so will."

„Du musst ja total verrückt im Kopf sein, wenn du daraus schließt, dass ich ein Spion meines Vaters sei", antwortete Ariadne gekränkt. „Mein Vater hat mich gebeten, dir etwas von Kreta zu zeigen. Und ich habe gern zugestimmt, weil ich mich so leichter mit dir treffen kann, ohne dass mein Vater misstrauisch wird.

Dass mein Vater hofft, ich erzähle ihm, was du so denkst oder vorhast, ist sein Problem. Von mir erfährt er nichts, absolut nichts."

„Vielleicht bin ich wirklich verrückt im Kopf", sagte Ikaros zerknirscht, „aber in der letzten Zeit ist so viel Ungewöhnliches passiert, dass ich ziemlich durcheinander bin. Bitte verzeih mir."

„Ist schon in Ordnung", antwortete Ariadne, „ich bin auch ziemlich durcheinander. Seit dem Tod von Androgeos fühle ich mich in meiner Heimat nicht mehr richtig wohl. Mein Vater ist ständig gereizt und schlechter Laune. Überall Misstrauen. Ich weiß gar nicht mehr, mit wem ich noch offen reden kann. Nur mit Kelios und jetzt mit dir. Ich bin so froh, dass du nach Kreta gekommen bist."

Ikaros wollte gerade fragen, was es mit den Jünglingen aus Athen, die dem Minotauros geopfert werden sollen, auf sich hat, als Kelios sich zu ihnen setzte: „Hallo, meine jungen Freunde, habt ihr euch ausgeruht?"

„Danke für deine Gastfreundschaft", antwortete Ikaros höflich. „Wir haben uns nicht nur ausgeruht, sondern sind dank deiner Speisen auch nicht mehr hungrig und durstig."

„Bitte verratet mir, worüber ihr gerade so ernst diskutiert habt. Es war doch hoffentlich kein Streit?"

„Nein, lieber Kelios", antwortete Ariadne, „wir haben nur darüber gesprochen, dass es in Kreta so ungemütlich geworden ist. Überall Unzufriedenheit und Misstrauen. Meinst du, dass mein Vater daran schuld ist?"

„Du stellst aber Fragen, liebe junge Prinzessin", seufzte Kelios. „Ich bräuchte Stunden, um sie zu beantworten. Heute ist es aber dafür zu spät. Außerdem möchte ich deinen Athener Freund nicht mit unseren Problemen belasten."

Ikaros unterbrach Kelios: „Du würdest mich nicht belasten. Mich interessiert alles, was hier auf Kreta los ist."

„Vielleicht, wenn wir uns das nächste Mal treffen", erwiderte Kelios. „Aber willst du mir nicht etwas über dich erzählen?"

„Verdammt, schon wieder eine ausweichende Antwort", dachte Ikaros. „Das kann ich aber auch."

Er ging deshalb auf Kelios` Frage nicht ein. „Bitte erzähl mit von den jungen Athenern, die dem Minotauros geopfert werden sollten?", fragte er stattdessen.

„Das weißt du als Athener nicht?", fragte Kelios verwundert.

„Sonst würde ich dich wohl kaum fragen", erwiderte Ikaros flapsig, um sich gleich danach für seine Unhöflichkeit zu entschuldigen.

Nun berichtete Kelios von der Ermordung Androgeos, dem Rachefeldzug der Kreter gegen Athen und dem Blutzoll, den Athen seither leistete.

„Und ich dachte immer, das sei nur eine Legende", rief Ikaros. „Allein die Vorstellung, dass mich das Los treffen könnte, macht mir Angst."

„Du, junger Freund, bist in der glücklichen Lage, das Los nicht fürchten zu müssen, denn du lebst oben auf der Akropolis. Nur die Athener, die in der Unterstadt leben, müssen an dem Losverfahren teilnehmen", beruhigte ihn Kelios.

„Wirklich?", fragte Ikaros beschämt, „das ist doch total ungerecht. Die reichen Bürger werden geschont und die armen Leute müssen leiden."

„Das ist leider überall so", erklärte Kelios bitter.

„Wann und wie werden die jungen Athener denn geopfert?" fragte Ikaros.

„Immer wenn der Minotauros wach wird und vor Hunger brüllt. Das ist alle drei Jahre der Fall. Dann wird täglich ein Opfer in das Labyrinth getrieben, wo der Minotauros es tötet und frisst. Nach 14 Opfern, also nach 14 Tagen, ist das Untier satt und fällt erneut in der dreijährigen Schlaf."

„Das ist ja grauenhaft!", rief Ikaros entsetzt, „alle drei Jahre vierzehn Menschenopfer? Hört das denn nie auf?"

„Ich befürchte nein", erwiderte Kelios, „jedenfalls nicht, solange der Minotauros am Leben ist."

„Dann muss das Ungeheuer sofort getötet werden!", rief Ikaros.

„Das lässt Minos nicht zu", antwortete Kelios.

„Weshalb", warf Ariadne ein, „weshalb weigert sich der Athener König nicht einfach, die Jünglinge und Jungfrauen als Opfer nach Kreta zu schicken? Hat er Angst vor einem neuen Krieg mit Kreta?"

„Wohl kaum, denn Athen verfügt heute über eine gut gerüstete Streitmacht", antwortete Kelios. „Aber der König von Athen hat seinerzeit feierlich geschworen, den Blutzoll bis zum Tode des Minotauros zu zahlen. Und niemand, auch kein König, darf einen solchen Schwur brechen."

„Er muss den Blutzoll ja nicht persönlich zahlen, sondern seine armen Untertanen", sagte Ikaros leise. „Weiß man eigentlich, wer Androgeos erschlagen hat und weshalb? Wenn ich das richtig sehe, ist der doch schuld an dem Krieg zwischen Kreta und Athen und damit auch an dem Blutzoll, den meine Heimat leisten muss."

„Der Mörder war ein von Vorurteilen gegen alle Kreter getriebener Dummkopf", antwortete Kelios. „Wahrscheinlich hoffte er, in Athen als Held gefeiert zu werden, wenn er den Kreter Königssohn umbringt.

Trotzdem kann man ihm nicht die Hauptschuld an dem Krieg und dem Blutzoll geben, denn er hat mit den fürchterlichen Folgen seiner Tat wohl kaum gerechnet. Ich meine, die wirklich Schuldigen sind die Könige von Athen und Kreta. Aigeus, weil er den Mörder nicht vor Gericht gestellt hat. Und Minos, weil er mit dem Rachefeldzug reagiert hat."

„Jetzt müssen wir aber wirklich nach Knossos zurück", unterbrach Ariadne ihren weisen Freund, „sonst bekomme ich mit meinem Vater Ärger. Darf ich Ikaros mitbringen, wenn ich dich das nächste Mal besuche?"
„Natürlich", antwortete Kelios, „ihr beide seid jederzeit willkommen."

Auf dem Rückweg fragte Ikaros die Prinzessin, ob sie wisse, weshalb ihr Vater den Minotauros nicht töten lässt.
„Ich vermute, er befürchtet, dann von Zeus bestraft zu werden. Man sagt hier auf Kreta, das Ungeheuer stehe unter dem Schutz des mächtigen Göttervaters."

„Glaubst du, dass dein Vater dir immer die Wahrheit sagt?", fragte Ikaros weiter.
„Nein", antwortete Ariadne, „seit der Ermordung von Androgeos ist mein Vater selbst für mich undurchschaubar.

Er weicht meinen Fragen aus. Und wenn ihm eine Frage nicht passt, sagt er meistens, das verstehst du doch nicht, oder das ist eine geheime Staatssache."

„Mit meinem Vater ist es ähnlich", seufzte Ikaros. „Ich weiß echt nicht mehr, woran ich bei ihm bin."

Auf dem Marktplatz verabschiedete sich Ariadne mit einem freundlichen ‚auf bald' und verschwand in dem prächtigsten Gebäude des Palastkomplexes, in dem Gebäude, in dem die Königsfamilie mit ihrem Hofstaat wohnte.

Theseus, der Kronprinz

Am nächsten Tag ließ Ariadne Ikaros durch Agluja ausrichten, dass sie ihn gern treffen würde und vor dem Königspalast auf ihn warte. Mit Freuden sagte Ikaros zu und machte sich auf den Weg.

„Wie kommt es, dass dein Vater dir erlaubt hat, mich schon wieder zu treffen?", fragte er seine neue Freundin.
„Das musste er mir nicht extra erlauben", antwortete Ariadne.

„Ich soll mich doch um dich kümmern. Und das tue ich hiermit. Außerdem hat er eine Besprechung mit irgendwelchen wichtigen Leuten. Wir sind also unbeobachtet. Ich will Kelios besuchen. Kommst du mit?"

„Super Idee", rief Ikaros.

Kelios schien über ihren Besuch nicht überrascht. Offensichtlich hatte er ihren Besuch erwartet. Der Tisch vor seiner Hütte war mit Gerstenbrot, Feigen, Datteln und Oliven gedeckt. Zur Begrüßung reichte er ihnen einen mit süßem Wein gefüllten Krug.

„Trinkt, meine Freunde", forderte er sie auf.

„Der Wein wird euch gut tun. Aber nur einen Schluck, sonst verliert ihr den Verstand."

Der Wein schmeckte köstlich. „Daran könnte ich mich gewöhnen", sagte Ikaros. „Er macht mich richtig fröhlich."

„Mich auch", ergänzte Ariadne.

Kelios wirkte bedrückt.

„Ist etwas passiert?", fragte Ariadne besorgt. „Du machst so ein trauriges Gesicht."

„In einer Woche wird das Schiff eintreffen", seufzte der alte Hirte.

„Welches Schiff?", fragte Ikaros.

„Das Schiff mit den schwarzen Segeln."

„Was ist das für ein Schiff? Und was bedeuten die schwarzen Segel?", fragte Ikaros weiter.

„Es ist das Schiff aus Athen mit den neuen Opfern für den Minotauros. Und die schwarzen Segel bedeuten Trauer"; erklärte Kelios. „In diesem Jahr werden die Athener von Theseus angeführt."

„Von Theseus, dem Kronprinzen von Athen?", fragte Ariadne überrascht. „Wie kann das sein? Als Königssohn muss er sich doch nicht dem Los stellen?"

„Ja, es ist der Königssohn. Er hat freiwillig mit einem als Opfer ausgelosten Jüngling getauscht und angekündigt, dass er den Minotauros erschlagen werde, um Athen endlich von dem schrecklichen Blutzoll zu befreien."

„Dies ist verdammt mutig von ihm und auch sehr ehrenhaft!", rief Ikaros bewundernd. „Ich bin stolz auf meinen künftigen König."

„Und woher weißt du, dass Theseus auf dem Schiff ist und mit dem Minotauros kämpfen will?", fragte Ariadne den alten Hirten.

„Ich habe einen ganz besonderen Informanten", erwiderte Kelios. „Den darf ich aber niemandem verraten. Das habe ich geschworen."

„Schon wieder ein Geheimnis", dachte Ikaros.

„Und kennst wenigstens du den Informanten?", fragte ich den weissen Raben.
„Dreimal darfst du raten", krächzte der.
„Keine Ahnung", antwortete ich, „bitte sage es mir."
„Der Informant war ich", antwortete der weisse Rabe, wichtig um sich blickend."

„Hat Theseus überhaupt eine Chance gegen das Ungeheuer?", fragte Ariadne.
„Das schon", erwiderte Kelios, „denn Theseus ist klug, stark und kühn. Aber selbst wenn er den Minotauros besiegt, wird er nicht überleben."
„Das verstehe ich nicht", sagte Ikaros, „wenn Theseus das Ungeheuer besiegt, stirbt er doch nicht?"

„Du vergisst", antwortete Kelios, dass der Minotauros im Labyrinth eingesperrt ist. Wenn Theseus gegen das Ungeheuer kämpfen will, muss er also in das Labyrinth steigen. Und was passiert dann? Er kommt nie wieder raus und wird verhungern. Theseus ist praktisch schon verloren, wenn er den ersten Schritt in das Labyrinth macht."

Gibt es denn keine Möglichkeit, ihn zu retten?", fragte Ariadne.

„Nur wenn du deinen Vater dazu bringst, Athen den Blutzoll zu erlassen", antwortete Kelios, „denn dann müsste Theseus nicht ins Labyrinth."

„Das wird Vater niemals tun", sagte Ariadne traurig. „Sein Hass auf Athen ist viel zu groß.

Außerdem bliebe das Ungeheuer dann am Leben und man müsste es mit Menschenopfern aus Kreta besänftigen, wozu mein Vater bestimmt nicht bereit wäre, weil dies zu Unruhen auf Kreta führen würde."

„Dann müssen wir eben versuchen, deinen Vater davon zu überzeugen, dass es an der Zeit ist, das Ungeheuer loszuwerden", warf Ikaros ein. „Wenn dein Vater zustimmt, findet sich bestimmt ein mutiger Kreter, der den Minotauros tötet. Ariadne, bitte sprich doch noch einmal mit deinem Vater."

„Das habe ich bereits tausendmal versucht. Mein Vater will, dass der Minotauros mindestens so lange lebt wie er selbst. Erst gestern habe ich ihn erneut angefleht.

Er hat darauf einen Wutanfall bekommen und mir verboten, den Minotauros überhaupt noch einmal zu erwähnen. Ich glaube, wenn es überhaupt jemanden gibt, der meinen Vater beeinflussen könnte, ist dies dein Vater Dädalos."

„Wie kommst du denn darauf?", fragte Ikaros erstaunt. „Mein Vater ist doch Athener. Ich kann mir nicht vorstellen, dass der König auf ihn hört."

„Es ist auch nur so eine Vermutung. Aber mein Vater scheint deinen Vater irgendwie zu schätzen. Jedenfalls hat er neulich angedeutet, dass er ihn brauche."

„Ein Versuch kann ja nicht schaden", sagte Ikaros. „Ich werde Vater bei nächster Gelegenheit bitten, dem König zu empfehlen, das Ungeheuer töten zu lassen."

„Dafür habe ich eine Idee", warf Kelios ein, „schlage deinem Vater vor, Minos` Eitelkeit auszunutzen und ihm zu sagen, dass es für seinen Ruf gut wäre, wenn er den Minotauros endlich töten ließe.

Ich weiß nämlich, dass es den König gewaltig kränkt, dass man ihn hinter vorgehaltener Hand als gekrönten Schwächling verspottet, der noch nicht einmal in der Lage sei, mit einer stierköpfigen Missgeburt fertig zu werden."

„Super Idee", rief Ikaros.

Am Abend war Ikaros endlich wieder einmal mit seinem Vater allein. Dädalos wirkte müde und abgespannt. Eine schlechte Voraussetzung für ein Gespräch. Überraschend begann er über Minos zu lästern. „Minos hat überhaupt keine Ahnung, wie kompliziert es ist, seine alte verrottete Flotte zu modernisieren", schimpfte er.

„Und statt mich zu unterstützen, lässt er es zu, dass sich seine unbedarften Offiziere in meine Arbeit einmischen. Das ist echt beleidigend!"

„Hört denn der König nicht mehr auf dich?", fragte Ikaros.

„Doch, doch", antwortete Dädalos, „ich bin immer noch sein wichtigster Berater. Er hat begriffen, dass ich klüger bin als alle Kreter zusammen."

„Wenn du sein wichtigster Berater bist, könntest du ihm doch raten, dass es für seinen Ruf sehr gut wäre, wenn er den Minotauros endlich töten lassen würde", warf Ikaros vorsichtig ein.

„Wie kommst du auf eine derart abwegige Idee?", fuhr Dädalos auf.

„Wenn der Minotauros tot wäre, dann müsste man dem Ungeheuer keine jungen Athener mehr opfern, auch nicht unseren Kronprinzen, der diesmal mit nach Kreta kommt. Außerdem könnte es doch passieren, dass Talos einmal als Opfer ausgelost wird?"

Dädalos Gesicht versteinerte sich. „Lass mich mit Talos zufrieden", brüllte er. „Ich habe schon genug eigene Probleme. Da kann ich mich nicht auch noch um Talos, Theseus oder den Minotauros kümmern. Ich will davon nie wieder etwas hören. Marsch ab ins Bett!"

Ikaros hätte natürlich gern gewusst, welche Probleme sein Vater hatte. Er wagte aber nicht, ihn danach zu fragen. Denn er wusste genau, welche Antwort er erhalten würde: „Das verstehst du nicht und es geht dich auch nichts an."
Entmutigt und traurig zog sich Ikaros in die Schlafkammer zurück. Aus Enttäuschung konnte er lange nicht einschlafen. Aber endlich fielen ihm die Augen zu und es begann ein schrecklicher Traum:

Er träumte von Talos. Der Freund hing an einem dünnen Ast über einen tiefen Abgrund und rief: „Ikaros, Ikaros, komm und hilf mir!" Ikaros versuchte, zu Talos zu gelangen, um ihn zu retten. Doch kurz bevor er ihn erreichte, brach der Ast und Talos stürzte in die Tiefe.

Ikaros wachte schweißnass auf. Ein neuer Tag war angebrochen.

Ikaros blieb noch eine Weile im Bett. Niedergeschlagen grübelte darüber nach, was er noch unternehmen könnte, damit Theseus nicht sterben muss. Am liebsten hätte er sich sofort mit Ariadne getroffen. Aber das ging nicht so ohne Weiteres. Als Athener konnte er nicht einfach den von der Königsfamilie bewohnten Teil des Palastes aufsuchen und nach Ariadne fragen. Man hätte ihn wie einen streunenden Hund fortgejagt.

Schließlich raffte er sich auf, zog sich an, wusch sich mit kaltem Wasser den Schlaf aus den Augen, aß einige Datteln und verließ das Haus.

Ein schrecklicher Verdacht

Ikaros spürte sofort, dass etwas Besonderes vorgefallen sein musste. Auf dem Marktplatz war es noch belebter und lauter als sonst. Die Menschen redeten aufgeregt und heftig gestikulierend durcheinander. Sie schienen gespannt, aber auch verängstigt.

Ikaros unterdrückte seine Schüchternheit, trat auf einen der Kreter zu und fragte, was denn passiert sei.

„Der König hat verkündet, dass das Schiff mit den schwarzen Segeln angekommen sei", antwortete der Kreter.

„Na und?", fragte Ikaros.

„Das weißt du nicht?", fragte der Kreter verwundert zurück

„Nein, ich habe keine Ahnung. Ich bin nämlich erst seit wenigen Tagen in Knossos."

„Auf dem Schiff befinden sich die vierzehn jungen Athener, die dem Minotauros geopfert werden und vorher über unsere mächtigsten Stiere springen müssen. Heute beginnen die Vorbereitungen für das Stierspringen."

„Und wo springen die Athener über die Stiere?"

„Auch das weißt du nicht?!", rief der Kreter. „Das weiß doch jeder. Woher kommst du denn?"

„Aus Athen", antwortete Ikaros und ergänzte, um ein wenig anzugeben, „mein Vater arbeitet für den König."

„Aha", brummte der Kreter, „für den König arbeitet dein Vater und aus Athen kommst du. Da musst du doch von dem Stierspringen gehört haben."

„Habe ich aber nicht", antwortete Ikaros. „Nun sage schon, wo es stattfindet. Oder ist das ein Geheimnis?"

„Quatsch, weshalb sollte das ein Geheimnis sein? Das Stierspringen ist für uns Kreter ein großes Fest. Es findet in der Arena statt. Und die liegt eine gute Stunde entfernt östlich von Knossos."

Da ich noch nie etwas von einem Stierspringen gehört hatte, fragte ich den weissen Raben, ob das Stierspringen das Gleiche sei wie der spanische Stierkampf. „Nein", krächzte der, „Stierspringen ist etwas ganz anderes. Beim Stierkampf ist der Kämpfer bewaffnet und will den Stier töten.

Der Stierspringer ist dagegen unbewaffnet und will den Stier nicht töten, sondern über ihn hinweg springen. Das ist für den Stier ungefährlich, für den Springer aber lebensgefährlich. Falls er nämlich nicht hoch genug springt und nicht aufpasst, wird er von dem Stier totgetrampelt oder von dessen Hörnern aufgespießt.

Normalerweise läuft das Springen so ab: Der Stier stürmt mit gesenktem Kopf auf den Springer zu. Der blickt dem Stier unbewegt entgegen. Erst wenn der Stier so nah an ihn herangekommen ist, dass er dessen stinkenden Atem riechen kann, macht der Springer einen gewaltigen Satz auf ihn zu und packt ihn an den Hörnern. Um den Springer abzuschütteln, reißt daraufhin der Stier wütend seinen Schädel hoch.

Der Springer lässt die Hörner los, wird in die Höhe katapultiert, und landet nach einen Salto rückwärts mit den Füßen auf dem Rücken des Stiers, von wo aus er mit einen weiteren Salto über dessen Schwanz hinweg auf die Erde springt. Er landet jedoch nicht auf der Erde, sondern in den Armen eines hinter dem Stier stehenden Fängers. Das klappt nur, wenn Springer und Fänger perfekt aufeinander eingespielt sind.

Nach einem gelungenen Sprung ergreift der König – so will es die Tradition – seine Doppelaxt und spaltet dem Stier den Schädel.

Allerdings wird der Stier vorher von kräftigen Sklaven gefesselt und zu Boden geworfen, damit er den König nicht gefährdet."

Die Nachricht von der Ankunft der Athener elektrisierte Ikaros. Er hatte nicht erwartet, dass das Schiff so bald eintreffen würde. Jetzt galt es, schnell in die Arena und Theseus warnen; denn der wusste nicht, dass das Labyrinth eine Falle war.

Ohne aufgehalten zu werden, verließ Ikaros das Palastgelände. Nach einer knappen Stunde hatte er die Arena erreicht, in der eine Gruppe junger Athener für das Stierspringen trainierte. Als er zu ihnen hinabsteigen wollte, tauchten plötzlich zwei Leibgardisten auf, packten ihn, rissen seine Arme schmerzhaft nach hinten und warfen ihn zu Boden.

„Was habe ich verbrochen, dass ihr mich so grob anfasst?", stöhnte Ikaros.

„Halt die Klappe, du hast hier nichts zu fragen, sondern nur zu antworten", brüllten die Leibgardisten. „Sag uns lieber, was du hier zu suchen hast. Weißt du nicht, dass die Arena bis zum Beginn des Stierspringens für alle Kreter gesperrt ist?"

„Ich gehöre doch zu den Athenern", log Ikaros, „ich habe mich nur verlaufen."

Die Leibgardisten sahen ihn prüfend an und da er wie ein Athener gekleidet war, ließen sie ihn frei. „Pass ja auf!", schimpften sie, „wenn wir dich noch einmal außerhalb der Arena erwischen, werfen wir dich in den Kerker."

Ikaros atmete auf. „Das ist ja noch einmal gut gegangen", dachte er. „Hätten die mich eingebuchtet, wer hätte dann Theseus warnen können?" Ohne weitere Zeit zu verlieren, lief er zu den Jünglingen.

„Wo finde ich Theseus?" rief er, „ich habe eine wichtige Nachricht für ihn."

„Verschwinde, Kreter!", schrien sie zurück, „Kreter sind hier unerwünscht."

„Ich bin kein Kreter. Ich bin wie ihr aus Athen", antwortete Ikaros.

„Wir kennen dich aber nicht!", erwiderte der größte der Jünglinge, offenbar der Anführer. „Wie heißt du?"

„Ikaros. Und du?

Andros", antwortete der, „aber ich kenne in Athen keinen Ikaros. Wo wohnst du denn?"

„Auf der Akropolis."

Andros' Stimme wurde eisig: „Ach, so ist das, auf der Akropolis wohnst du. Mit denen da oben wollen wir nichts zu tun haben."

„Aber ich muss Theseus sprechen", antwortete Ikaros. „Oder wollt ihr, dass Theseus umkommt, nur weil ihr mit mir nichts zu tun haben wollt?"

Jetzt wurde Andros zugänglicher. „Minos hat Theseus zu sich befohlen", antwortete er.

„Mist!", rief Ikaros. „Gerade vor dem wollte ich ihn warnen. Minos plant seinen Tod."

„Und woher weißt du das?", fragte Andros.

„Darüber möchte ich nur mit Theseus sprechen", entgegnete Ikaros. „Ich kenne dich ja nicht. Wie soll ich wissen, ob du wirklich sein Freund bist?"

„Wir sind alle seine Freunde", sagte Andros. „Wenn Theseus getötet wird, sind wir alle verloren."

Jetzt mischte sich ein anderer aus dem Kreis der jungen Athener, von seinen Kameraden Imenes genannt, ein: „Wie willst du Klugscheißer aus der Akropolis wissen, dass unser Kronprinz in Todesgefahr ist?"

„Du kannst mir wirklich glauben", beteuerte Ikaros.

Imenes wurde wütend: „Dir sollen wir glauben?" schrie er. „Bist du nicht der Sohn von Dädalos, der feige aus Athen geflohen ist, weil er wegen Mordes vor Gericht gestellt werden soll?"

Bevor Ikaros auf den beleidigenden Vorwurf reagieren konnte, tauchte am Horizont ein athletisch gebauter, junger Mann von etwa 20 Jahren auf, der mit großen Schritten auf die Arena zulief und alle Aufmerksamkeit auf sich zog.

„Da kommt Theseus!", rief Andros.

Als Theseus die Arena erreichte, traten die Leibgardisten, die Ikaros vorher so brutal behandelt hatten, respektvoll zur Seite. Minos hatte sie wohl angewiesen, Theseus nicht aufzuhalten.

„Seid gegrüßt, Freunde", rief er, „was bin ich froh, endlich wieder bei euch zu sein."

„Sei auch du gegrüßt", antworteten die jungen Athener erleichtert, dass Theseus unverletzt zurückgekehrt war. „Wie ist es dir bei dem Kreterkönig ergangen? Dürfen wir zurück nach Athen?"

„Nicht sofort, aber bald", antwortete Theseus, „Minos hat versprochen, dass wir frei sind, wenn ich den Minotauros besiege. Und das werde ich!"

„Was für ein Mensch ist König?", fragte Andros.

„Er ist unhöflich, ungehobelt und überheblich", antwortete Theseus. „Kaum hatte ich ihn respektvoll begrüßt, begann er mich zu beschimpfen. Was ich auf Kreta wolle, brüllte er, er habe mich nicht eingeladen. Ob ich nicht wisse, dass Athener in Kreta nur als Opfer für den Minotauros willkommen seien. Als ich ihm erklärte, dass ich anstelle eines ausgelosten Jünglings hier sei, also eines der dem Minotauros zugesagten 14 Opfer bin, wurde er noch ungehaltener. Er schrie, dass die Götter nur ausgeloste Opfer akzeptierten und niemanden, der sich freiwillig opfere. Darauf fragte ich ihn, ob er denn vergessen habe, dass er zur Besänftigung des Minotauros 14 Opfer brauche, er ihm aber ohne mich nur 13 Opfer zum Fraß vorwerfen könne, und ob er überhaupt wisse, wie das Untier reagiere, wenn es hungrig bleibt.

Dieses Argument brachte die Wende. Okay, sagte er, wenn du unbedingt willst, dann opfere dich halt.

Ich werde mich nicht opfern, sondern gegen euer menschenfressendes Ungeheuer kämpfen, erwiderte ich.

Das erlauben die Götter nicht, brüllte Minos, Opfer dürfen nicht kämpfen!

Aber es ist für die Götter doch viel unterhaltsamer, einen Athener Königssohn kämpfend untergehen zu sehen, als wenn dieser wie ein Tier geopfert wird?

Damit war der Widerstand des Königs gebrochen. Er erlaubte, dass ich gegen den Minotauros kämpfe und sagte sogar zu, dass wir alle nach Athen zurückkehren dürfen, wenn ich das Untier töte. Vermutlich hat er mir dies nur zugestanden, weil er überzeugt ist, dass ich ohne Waffen gegen den Minotauros null Chancen habe."

„Und wie willst du das Ungeheuer ohne Waffen besiegen?", fragte Andros.

„Das weiß ich noch nicht", sagte Theseus, „aber mir wird schon etwas einfallen. „Außerdem, welche Alternative haben wir denn? Ich muss es halt versuchen."

Jetzt entdeckte er Ikaros, der sich schüchtern im Hintergrund gehalten hatte: „Wer ist denn der Fremdling?"

„Das ist Ikaros, der Sohn des Verbrechers Dädalos", antwortete Imenes. „Er hat sich hier eingeschlichen. Wir sollten ihn wie eine Ratte erschlagen."

Wütend stürzte sich Ikaros auf den wesentlich größeren Athener.. Theseus stoppte ihn: „Halt ein, gegen Imenes kannst du nicht gewinnen! Und du, Imenes, hältst du es für wirklich gerecht, Ikaros wegen eines Verbrechens zu erschlagen, das sein Vater begangen haben soll? Was hat der junge Mann mit einer möglichen Untat seines Vaters zu tun?

Wenn du Ikaros umbringst, bist du keinen Deut besser als Minos, der uns dem Minotauros zum Fraß vorwerfen will, obwohl wir an der Ermordung seines Sohnes unschuldig sind."

Imenes blickte beschämt zu Boden. „Bitte verzeih, daran habe ich nicht gedacht."

Ikaros fragte daraufhin den Prinzen, ob es denn wirklich stimme, dass sein Vater in Athen wegen Mordes angeklagt werden solle.

„Imenes hat die Wahrheit gesagt", sagte Theseus ernst. „Dein Vater wird in Athen als Verbrecher gesucht. Er soll seinen Neffen Talos ermordet haben. Ob er schuldig ist, weiß ich nicht. Das hat das Hohe Gericht zu entscheiden. Leider hat sich dein Vater dem Gericht nicht gestellt und ist nach Kreta geflohen. Meinst du nicht auch, dass er sich dadurch verdächtig gemacht hat?"

„Keine Ahnung", erwiderte Ikaros verstört, „ich bin doch kein Richter. „Aber ist Talos wirklich tot?"

„Ja, er ist tot“, antwortete Theseus.

„Er wurde mit gebrochenem Genick unter der Akropolis gefunden. Wahrscheinlich ist er vom Dach der Werkstatt deines Vaters gestürzt. Zeugen sagen, sie hätten auf dem Dach einen heftigen Streit zwischen deinem Vater und Talos gesehen.“

Ikaros wurde leichenblass. „Ich muss sofort zu meinem Vater“, schluchzte er, und rannte aus der Arena.

„Warte“, rief ihm Andros hinterher, „was ist mit der Warnung, von der du gesprochen hast?“

„Ich komme zurück“, antwortete Ikaros.

Der geniale Fluchtplan

Ikaros stürzte in die Werkstatt seines Vaters. „Wo warst du?",
fragte der verärgert.

„In der Arena", antwortete Ikaros.

Die Auskunft beunruhigte Dädalos. „Wenn Ikaros in der
Arena war, hat er bestimmt von den Athenern erfahren, was
mit Talos geschehen ist", befürchtete er. Um peinlichen
Fragen seines Sohnes zuvorzukommen, brüllte er: „Was
wolltest du da? Ich hatte dir doch verboten, die Arena
aufzusuchen!"
Diesmal kuschte Ikaros nicht. „Jetzt weiß ich, weshalb du mir
das verboten hast! Du wolltest verhindern, dass ich erfahre,
was mit Talos geschehen ist!", schrie er zurück.
„Wie kannst du es wagen, deinen Vater anzuschreien?"
„Bitte, Vater", flehte Ikaros, „bitte schwöre, dass du Talos
nicht getötet hast."

„Glaubst du wirklich, ich hätte meinen eigenen Neffen umgebracht?"

„Ich will das ja nicht glauben", sagte Ikaros, „aber Imenes, einer der Athener in der Arena, hat dies behauptet. Und auch Theseus. Ich bitte dich noch einmal: Schwöre bei Zeus, dass du Talos nicht getötet hast!"

„Wenn du mir nicht so glaubst, schwöre ich dir auch bei Zeus, dass ich Talos nicht getötet habe", erwiderte Dädalos beleidigt

„Dann verstehe ich nicht, weshalb wir Hals über Kopf aus Athen geflohen sind. Falls du unschuldig bist, macht das doch keinen Sinn?"

„Wenn du nur recht hättest, mein Sohn", antwortete Dädalos. „Aber ich habe leider in Athen eine Menge missgünstiger Neider. Ich muss also befürchten, dass ich keinen fairen Prozess bekomme. Deshalb haben wir Athen verlassen."

„Geht es bei Gericht denn um Fairness?", fragte Ikaros. „Ich dachte immer, da geht es um Wahrheit und um Gerechtigkeit. Wenn du vor Gericht die Wahrheit sagst, kann dir doch nichts passieren."

„Mit der Wahrheit ist es so eine Sache", seufzte Dädalos. „Vor Gericht ist nur wahr, was man beweisen kann. Ich aber habe keine Zeugen für meine Unschuld."

„Und was sagst du zu den Zeugen, die beobachten haben, dass du dich mit Talos heftig gestritten hast? Gab es den Streit etwa nicht? Bitte sage mir endlich die volle Wahrheit."

„Ich merke schon", schimpfte Dädalos, „du hast dich gegen deinen eigenen Vater aufhetzen lassen. Weshalb nur? Habe ich nicht stets für dich gesorgt?"
„Das stimmt, versorgt hast du mich", erwiderte Ikaros, „aber du hast mich auch angelogen. Als wir Athen verließen, hast du behauptet, Minos habe dich nach Kreta eingeladen und Talos werde bald nachkommen. Alles Lügen. Wie soll ich dir da noch glauben?"

„Ja, ich habe dir manchmal nicht die volle Wahrheit gesagt. Aber nur, weil ich dich nicht beunruhigen wollte. Und das war meine Pflicht als dein Vater."

„Du weichst schon wieder aus, Vater. Weshalb sagst du nicht endlich, was mit Talos geschehen ist?"

„Es war ein tragischer Unfall."

„Ein Unfall? Was für ein Unfall?"

„Es ist einfach dumm gelaufen", antwortete Dädalos. „Talos kam zu mir und sagte, er habe am Himmel zwei neue Sterne entdeckt. Ich glaubte ihm nicht. Er schlug vor, mir die Sterne vom Dach der Werkstatt aus zu zeigen. Ich war einverstanden, und wir stiegen auf das Dach. Dann zeigte er ziemlich hochtrabend auf zwei nebeneinander stehende Sterne. Um ihn zu necken, lachte ich und sagte, dass ich die Sterne seit langem kennen würde. Das machte Talos wütend. Erst beschimpfte mich respektlos. Dann drehte er sich plötzlich um. Dabei stolperte er und stürzte – er stand dicht an der Dachkante – in den Tod. Bitte glaube mir, ich konnte Talos nicht festhalten und den Sturz verhindern. Wenn mir überhaupt etwas vorgeworfen werden könnte, dann nur, dass ich aus Jux gesagt habe, ich würde die von Talos entdeckten Sterne bereits kennen. Aber ist das ein Verbrechen?"

„Ein Verbrechen ist das wohl nicht", dachte Ikaros, „aber eine riesengroße Gemeinheit, wenn nicht gar eine neue Lüge." Er versuchte jedoch nicht, in seinen Vater weiter einzudringen und tat so, als stimme er ihm zu.

„Wenn Vater mich erneut angelogen hat, würde er das ohnehin nicht zugeben", sagte er sich.

Dann hatte er eine super Idee. Er merkte, dass sein Vater ein schlechtes Gewissen hatte. „Das werde ich ausnutzen", beschloss er und wechselte das Thema.

„Ich glaube", sagte er, „dass Minos dem Athener Kronprinzen nur deshalb erlaubt hat, im Labyrinth gegen den Minotauros zu kämpfen, weil er weiß, dass Theseus aus dem Labyrinth niemals wieder herauskommen wird, er also, sollte er das Untier besiegen, in jedem Fall verhungern müsste."

„Das glaube ich auch", stimmte Dädalos zu. „Das wäre typisch für Minos."

„Aber du, lieber Vater, könntest Theseus helfen. Du musst mir nur erklären, wie Theseus zum Ausgang zurückfinden kann."

„Wer will das denn?", fragte Dädalos.

„Ariadne, Kelios, und dann natürlich Theseus und die 13 jungen Athener, die dem Minotauros zum Fraß vorgeworfen werden sollen."

„Und was geht mich das an?", fragte Dädalos kalt. „Nenne mir einen einzigen Grund, weshalb ausgerechnet ich, den die Athener vor Gericht stellen wollen, Theseus helfen sollte."

„Ich nenne dir einen guten Grund", erwiderte Ikaros. „Du sollst helfen, weil ich dich als dein Sohn darum bitte. Hast du bei mir nicht einiges wieder gutzumachen, Vater?"

„Wenn ich Theseus gegen Minos helfe, wäre das ein Verrat an Minos, dem ich Treue geschworen habe. Soll ich diesen Schwur zugunsten deiner neuen Freunde brechen? Das kannst du von mir nicht verlangen!"
„Das verlange ich ja gar nicht", antwortet Ikaros „hier geht es nicht um deine Beziehung zu Minos, sondern um die Rettung von 14 unschuldigen Menschen."

„Na und?" brummelte Dädalos.

„Okay, wenn dir das nicht genügt, nenne ich dir einen weiteren Grund: Hilfst du Theseus hier, wird er in Athen dafür sorgen, dass du freigesprochen wirst. Er hat mir auch versprochen, dass er uns mit seinem Schiff nach Athen mitnimmt, falls er lebend aus dem Labyrinth herauskommt."

„Und wieso denkst du, dass ich weiß, wie man den Ausgang findet?", fragte Dädalos, nunmehr nachdenklich geworden.
„Weil du das Labyrinth gebaut hast."

Dädalos überlegte eine Weile und fragte dann: „Würde Theseus denn erfahren, wer ihm geholfen hat?"

„Selbstverständlich", antwortete Ikaros, „ich würde ihm das sagen."

„Und ist auch sicher, dass Minos nichts erfährt? Du weißt, er würde uns beide umbringen, wenn herauskommt, dass ich ich hinter Theseus' Flucht stehe"

„Wie sollte er?", beschwichtigte Ikaros seinen Vater. „Und falls doch, dann erfährt er dies erst, wenn wir bereits auf dem Schiff nach Athen sind."

Dädalos grübelte hin und her: Auf der einen Seite hatte er Zweifel, ob es für ihn wirklich ungefährlich wäre, nach Athen zurückzukehren. Denn nicht Theseus würde über sein Schicksal entscheiden, sondern das Hohe Gericht. Er konnte auch nicht darauf bauen, dass Aigeus eine ihn verurteilende Entscheidung des Hohen Gerichts aufheben würde, nur weil er seinem Sohn Theseus geholfen hatte.

Auf der anderen Seite wusste Dädalos, dass er früher oder später auch verloren wäre, wenn er auf Kreta bliebe. Denn Minos würde bald herausfinden, dass er ihm die leichtfertig versprochene Superwaffe zumindest in absehbarer Zeit nicht beschaffen konnte.

„Wenn überhaupt", beschloss er, „werde ich Theseus nur helfen, wenn er feierlich schwört, mich und Ikaros nach Athen mitzunehmen."

Ikaros brauchte lange, um einzuschlafen. Ihn quälte die Frage, ob sein Vater ihm jetzt die Wahrheit gesagt hatte. Stimmt es nicht, dass, wer einmal lügt, immer lügt", fragte er sich.

„Aber das muss ja nicht unbedingt auf meinen Vater zutreffen", hoffte er.

Schließlich fiel er in einen sehr unruhigen Schlaf.

Er träumte, dass er ein Stierspringer mit Theseus als Fänger sei, nach dem Sprung über den Stier aber nicht in den Armen von Theseus lande, sondern immer weiter fliege, bis zur Sonne, und dann abstürze.

Als Ikaros aufwachte, brauchte er ziemlich lange, um sich wieder zurechtzufinden. Dann wusch er sich, zog sich an und suchte seinen Vater auf, der bereits in der Werkstatt war.

„Wie hast du dich entschieden?", rief er ohne Begrüßung.

„Ich werde Theseus helfen, aber nur, weil du mich so sehr darum gebeten hast", antwortete Dädalos.

„Danke, Vater, und wie willst du ihm helfen?"

„Das verrate ich erst, wenn Theseus geschworen hat, dass er uns nach Athen mitnimmt."

„Er hat es mir schon versprochen", entgegnete Ikaros.

„Das genügt mir aber nicht", sagte Dädalos. „Ich verlange einen feierlichen Schwur."

„Kein Problem", erwiderte Ikaros. „Aber hast du wirklich einen richtig guten Plan?"

„Wenn du das bezweifelst, lassen wir die Sache lieber", grollte Dädalos beleidigt.

Ikaros schwieg. Was gäbe ich dafür, meinem Vater wieder vertrauen zu können, dachte er..

Und Dädalos war klug genug, von seinem Sohn keine Antwort zu fordern. „Wie soll es jetzt weitergehen?", fragte er nur.

„Ich werde Theseus schnellstmöglich über deine Entscheidung informieren."

Gerade als Ikaros zur Arena aufbrechen wollte, überbrachte ihm Agluja die Botschaft, dass Ariadne vor dem Königspalast auf ihn warte. Ein Treffen mit der Königstochter hatte natürlich den Vorrang.

Ikaros berichtete Ariadne, dass sein Vater nunmehr bereit sei, Theseus zu helfen. Theseus müsse vorher aber schwören, seinen Vater nach Athen mitzunehmen. Ihn, Ikaros, natürlich auch.

„Was warten wir noch", rief Ariadne, „wir müssen sofort Theseus Bescheid sagen. Viel Zeit haben wir nicht mehr, denn das Stierspringen findet bereits in zwei Tagen statt."

„Am besten treffen wir uns in der Hütte von Kelios", schlug Ikaros vor. „Kannst du Theseus die Nachricht überbringen lassen, dass auch er zur Hütte kommt?"

„Kein Problem", erwiderte Ariadne. „Aber sage mir, mein Freund, willst du tatsächlich zurück nach Athen?

Ich würde dich sehr vermissen."

„Ja, ich muss unbedingt nach Athen. Denn nur dort kann ich herausfinden, was mit Talos geschehen ist. Aber weshalb kommst du nicht einfach mit? Athen ist wunderschön."

„Wenn das so einfach wäre", seufzte Ariadne, „aber als Tochter des Königs darf ich Kreta leider nicht verlassen."

In ihrem tiefsten Inneren hatte Ariadne jedoch schon mehrfach darüber nachgegrübelt, ob sie nicht aus Kreta fliehen sollte, denn ihr Vater plante, sie an ihrem 18. Geburtstag zur Tempelpriesterin weihen zu lassen.

Und als Tempelpriesterin zu leben, war das Letzte, was sie sich wünschte. Als Priesterin würden die Kreter sie zwar anbeten und mit Opfergaben verwöhnen. Sie dürfte dann aber weder Freunde noch Familie haben. Für sie eine grauenhafte Vorstellung.

Als Ariadne und Ikaros am späten Nachmittag in der Hütte des alten Hirten eintrafen, war Theseus schon da. Er hatte Andros mitgebracht. „Schön, dich zu sehen", begrüßte Theseus Ikaros und bat mit einer Verbeugung vor Ariadne: „Willst du mir nicht die hübsche junge Dame vorstellen?"

„Das ist meine Freundin Ariadne, die Tochter des Königs von Kreta", antwortete Ikaros stolz.

„Es ist mir eine Ehre, dich endlich kennen zu lernen", sagte Theseus zu Ariadne. „Ich habe schon viel von dir gehört."
„Hoffentlich nichts Schlechtes", antwortete Ariadne.
„Wo denkst du hin, schöne Prinzessin. Selbst in Athen, wo ihr Kreter nicht besonders geschätzt seid, rühmt man deine Schönheit und Klugheit. Wir Athener wünschen von ganzem Herzen, dass du deinen Vater bald als Königin ablöst. Dann könnten Athen und Kreta wieder Freunde werden."

„Danke, Prinz von Athen", antwortete Ariadne errötend.

„Leute", unterbrach Kelios die beiden, „wir haben Wichtigeres zu tun als Komplimente auszutauschen. Lasst endlich Ikaros zu Wort kommen. Berichte, mein junger Freund aus Athen, steht dein Vater auf unserer Seite oder ist er immer noch nur ein Vasall des Kreterkönigs?"

„Mein Vater war nie ein Vasall ", antwortete Ikaros gekränkt.
„Er steht nicht auf Minos´ Seite, aber auch nicht auf unserer. Er steht ausschließlich auf seiner eigenen Seite."

„Was heißt das?", fragte Theseus ungeduldig.
„Mein Vater hat gesagt, dass er bereit und in der Lage sei, dir zu helfen. Aber du musst vorher bei den Göttern schwören, dass du uns nach Athen mitnimmst."
„Selbstverständlich schwöre ich das", rief Theseus. „Ihr seid alle meine Zeugen: Wenn ich lebend aus dem Labyrinth herauskomme, werde ich Dädalos und Ikaros nach Athen mitnehmen. Das schwöre ich bei den Göttern des Olymps!"

Ikaros bedankte sich.

Nunmehr fragte Theseus, wie Dädalos denn helfen wolle.

„Das weiß ich noch nicht", antwortete Ikaros. „Vater verrät mir seinen Plan erst, wenn ich ihm von deinem Schwur berichtet habe."

„Dann schnell zurück zu deinem Vater!", befahl Theseus.

Bevor sie sich trennten, erinnerte Kelios noch einmal an das gefährliche Spitzelnetz des Königs. „Bitte seid vorsichtig", beschwor er die Freunde „wir können uns keine einzige Nachlässigkeit erlauben."

Die Verschwörer verabredeten, am nächsten Morgen erneut bei Kelios zusammenzukommen, um sich von Ikaros berichten zu lassen, was für einen Rettungsplan Dädalos entwickelt hatte.

„Ich werde ein gutes Frühstück bereithalten", versprach der alte Hirte.

Nach Knossos heimgekehrt, berichtete Ikaros seinem Vater von dem feierlichen Schwur des Athener Kronprinzen. Dädalos schien enttäuscht. Es kam Ikaros vor, als habe sein Vater gehofft, Theseus würde den Schwur verweigern. Ikaros wollte darüber aber nicht weiter nachdenken. Die Vorstellung, dass sein Vater gehofft haben könnte, Theseus würde sie nicht nach Athen mitnehmen wollen, machte ihn traurig und wütend. „Wollte Vater etwa gar nicht nach Athen zurück?"

Ikaros unterdrückte seinen Verdacht, denn jetzt, nachdem Theseus feierlich geschworen hatte, sie nach Athen mitzunehmen, musste der Vater Farbe bekennen. „Wie sieht dein Rettungsplan nun aus?", fragte er.

„Damit alles klappt, sind folgende Maßnahmen erforderlich", dozierte Dädalos: „Wir wissen, dass Theseus auf Kreta keine Waffen tragen darf, und dass Minos ihm auch nicht gestatten wird, das Labyrinth mit Waffen zu betreten. Ohne Waffen hat Theseus gegen den Minotauros jedoch keine Chance. Deshalb müsst ihr Waffen besorgen und im Labyrinth, unmittelbar hinter dem Eingang, verstecken. Der schwierigste Teil der Rettungsaktion ist aber, Theseus einen Weg aufzuzeigen, wie er aus dem Labyrinth herauskommt. Persönlich kann ich da nicht in Erscheinung treten. Das wäre zu gefährlich. Es gibt aber eine Lösung. Ihr müsst Theseus einen mindestens fünfzig Meter langen festen Faden beschaffen. Wenn Theseus in das Labyrinth steigt, um das Ungeheuer zu töten, soll er das eine Ende des Fadens irgendwo am Eingang der Labyrinths fest machen und das andere Ende bis zu der Stelle mit sich ziehen, an der der Kampf mit dem Minotauros stattfindet.
Nach Tötung der Missgeburt muss er den Faden dann nur bis zum Eingang zurückverfolgen und ist wieder draußen."

„Das ist ein total genialer Plan!", rief Ikaros begeistert.

„Ich bin stolz auf dich, Vater." Dädalos strahlte.

Wie verabredet, trafen sich die Freunde am nächsten Morgen in der Hütte des alten Hirten. Als erstes genossen sie das von Kelios vorbereitete köstliche Frühstück aus Hirsebrot, Feigen, Datteln, Weintrauben, Ziegenkäse und frischer Milch. Dann erläuterte Ikaros den Plan seines Vaters.

„Der Plan klingt sehr gut, er müsste klappen", sagte Theseus. „Aber wo kriegen wir die Waffen her, und wer schafft sie ins Labyrinth? Und wie kommen wir an den Rettungsfaden?"

„Die Waffen stelle ich", erklärte Kelios. „Als Minos mich aus Knossos verbannte und mir das Tragen von Waffen verbot, habe ich vorsorglich eine Doppelaxt und eine Lanze versteckt. Die werde ich morgen Nacht in das Labyrinth schmuggeln."

„Und ich werde mich gleich daran machen, den Faden zu knüpfen", ergänzte Ariadne. „Aus chinesischer Seide, damit er fest ist und nicht reißt. Agluja wird helfen. Sie hat geschicktere Finger als ich."

„Wie viel Zeit bleibt noch?", fragte Andros.

„Der Faden muss bis morgen fertig werden. Mein Vater hat angekündigt, dass das große Stierspringen bereits übermorgen beginnt. Er hat auch gesagt, dass Theseus der erste Springer ist, und – falls er den Sprung überlebt – dann sofort zum Labyrinth gebracht wird", antwortete Ariadne.

„Das ist aber verdammt knapp", rief Ikaros. „Kannst du dich denn bis dahin noch richtig auf das Springen vorbereiten, Theseus?"

„Macht euch darüber keinen Kopf. Mit meinem Freund Andros als Fänger, schaffe ich das leicht", versicherte Theseus.

„Aber wie komme ich rechtzeitig an den Faden?"

„Darum werde ich mich kümmern", schlug Andros vor. „Wenn du einverstanden bist, Ariadne, hole ich den Faden morgen nach Sonnenuntergang bei dir ab und bringe ihn zu Kelios, sodass Kelios ihn zusammen mit den Waffen am Labyrintheingang verstecken kann."

„Einverstanden", antwortete Ariadne. „Aber es ist besser, wenn du den Faden bei Agluja abholst. Die steht nicht so unter Beobachtung wie ich."

„So soll es sein", bestimmte Theseus, „aber ist die Sklavin auch zuverlässig?"

„Vergiss, dass sie Sklavin ist. Sie ist meine Freundin", antwortete Ariadne. „Ich vertraue ihr uneingeschränkt."

Theseus antwortete nicht. Er schien bewegt. Schließlich sagte er feierlich: „Freunde, ich glaube, ich bin der größte Glückspilz Griechenlands. Hätten mir sonst die Götter euch an meine Seite gestellt? Ohne euch, liebe Freunde, wären meine Kameraden und ich verloren. Jetzt haben wir aber dank eurer Hilfe eine echte Chance, gesund nach Athen zurückzukommen."

Er machte eine Pause, sah Ariadne lange an und fuhr dann fort:

„Und dir, schöne Prinzessin, muss ich ganz besonders danken. Selbst wenn ich 1000 Jahre alt werden sollte, werde ich nie vergessen und nie wieder gutmachen können, dass du mir gegen die tödlichen Pläne deines Vaters helfen willst."

Ariadne blickte verschämt zu Boden und wurde blutrot.

„Für Danksagungen ist es zu früh", rief Kelios, „denn es gibt noch sehr viel zu tun."

„Wie hast du eigentlich die Rückreise organisiert?", fragte Ikaros den Athener Königssohn.

„Unser Schiff ankert immer noch in der Bucht", erklärte der. „Dort werden sich meine Kameraden verstecken und auf mich warten. Du und dein Vater sollten in Knossos bleiben, bis mein Sieg über den Minotauros verkündet wird, und dann sehen, dass ihr schnellstens zur Bucht kommt. Andros wird euch aufs Schiff bringen. Allerdings kann das Schiff höchstens drei Stunden auf euch warten. Mehr Zeit kann ich euch aus Verantwortung für meine Kameraden nicht geben; denn sobald Minos erfährt, dass ich aus dem Labyrinth entkommen bin, wird er alles dran setzen, unsere Abreise zu verhindern."

„Okay, drei Stunden sind zwar knapp, werden aber reichen", sagte Ikaros. „Sie müssen einfach reichen!"

Jetzt wandte sich Theseus an Ariadne und Kelios:
„Kommt doch bitte mit nach Athen, meine Freunde. Auf Kreta seid ihr nach meiner Flucht nicht mehr sicher. Denn Minos wird früher oder später herausfinden, dass ihr mir geholfen habt. Was euch dann blüht, will ich mir gar nicht ausmalen."

„Mit diesem Risiko muss ich leben", erwiderte Kelios. „Einen alten Baum wie mich kann man nicht mehr in ein anderes Land verpflanzen. Außerdem: Könige kommen und gehen. Auch die Herrschaft von Minos wird einmal enden. Bis dahin werde ich mich bei guten Freunden verstecken."

„Und was ist mit dir, liebe Prinzessin?", fragte Theseus. „Ich wäre überglücklich, wenn du mich nach Athen begleiten würdest."

„Dein Angebot ist sehr verlockend", antwortete Ariadne verlegen. „Wenn Ikaros mitkommt, könnte ich bestimmt auch in Athen glücklich sein. Aber ich befürchte, dass ich nicht die Kraft haben werde, meine Heimat zu verlassen."

Alsdann trennten sich die Freunde. Theseus kehrte in die Arena zurück, um gemeinsam mit Andros für das Stierspringen zu trainieren. Ariadne in den Königspalast, um den für Theseus überlebensnotwendigen Faden zu knüpfen. Kelios in seine Hütte, um die Doppelaxt und die Lanze zu schärfen. Und Ikaros legte sich in der Nähe von Kelios' Hütte unter einen Ölbaum, um nachzudenken.

„Wie wird mein Leben weitergehen?", fragte er sich. „Weshalb hat Ariadne wohl gesagt, dass sie in Athen glücklich wäre, wenn ich auch da wäre?" Die für ihn schwierigste Frage war jedoch, ob er seinem Vater jetzt wieder voll vertrauen könne.

Bevor sich Ikaros auf den Rückweg nach Knossos machte, suchte er noch einmal den alten Hirten auf. „Störe ich dich?" fragte er schüchtern.

„Nein, du störst nicht", antwortete Kelios, „ich sehe doch, dass du etwas auf dem Herzen hast. Wie kannst du da stören?"

Ikaros wollte Kelios nicht verraten, dass er Probleme hatte, seinem Vater zu vertrauen. Dies wäre gegenüber dem Vater unfair, dachte er. Außerdem, so gut kannte er den Alten ja auch noch nicht.

„Meine Welt ist ein wenig aus den Fugen geraten", begann er, „ich mache mir Sorgen um meinen Vater. Ich weiß nicht mehr, was er denkt, was er vorhat, was er wirklich will. Kennst du meinen Vater?"

„Kennen ist übertrieben", antwortete Kelios. „Vor Jahren, als dein Vater für Minos Knossos und das Labyrinth baute, hatte ich oft mit ihm zu tun.

Ich halte ihn für einen genialen Baumeister und raffinierten Verhandler. Und er weiß immer, wie er auf seine Kosten kommt."

War er sehr ehrgeizig?"

„Ich denke ja. Manche Leute haben damals sogar behauptet, dein Vater würde notfalls über Leichen gehen, um seine Ziele zu erreichen."

„Was meinst du, weshalb war mein Vater so?"

„Vielleicht, weil er zu ruhmsüchtig ist. Vielleicht, weil er auf Kreta keine echten Freunde hatte. Jedenfalls war er ziemlich überheblich und sah in allen Menschen Konkurrenten."

„Und weshalb hatte er denn keine Freunde?"

„Du stellst aber Fragen. Woher soll ich das wissen? Ich vermute, die Leute mochten ihn nicht, weil er war wie er war und immer der Erste und Beste sein wollte."

„So ganz ohne Freunde muss mein Vater ja sehr einsam gewesen sein. Ein Glück, dass er wenigstens mich hat", seufzte Ikaros nachdenklich.

„Recht hast du", antwortete der weise Hirte.

Nunmehr verabschiedete sich Ikaros endgültig und eilte zurück nach Knossos. Kurz vor Einbruch der Dunkelheit hatte er sein Ziel erreicht und berichtete dem Vater von dem Treffen mit seinen Freunden.

„Was? Gehört Kelios etwa auch zu euch Verschwörern?",
fragte Dädalos.

„Stört dich das?".

„Ich weiß nicht so richtig", antwortete Dädalos zögerlich. „Als Kelios neben mir Berater des Königs war, haben wir uns viel gestritten, weil wir oft unterschiedlicher Meinung waren. Ich glaube, er war neidisch auf mich. Denn Minos hat eher auf mich als auf ihn gehört. Ich kann mir sogar vorstellen, dass er glaubt, ich hätte Minos angestiftet, ihn aus Knossos zu verbannen und wartet auf eine Gelegenheit, sich bei mir zu rächen."

„Ich kann mir nicht vorstellen, dass Kelios so denkt", sagte Ikaros bestimmt. „So etwas wie Neid oder Rache kennt er nicht."

Der folgende Tag begann ungewöhnlich. Aus der Richtung des Labyrinths war ein dumpfes Grollen zu hören. Erst leise und unregelmäßig, dann lauter, fast wütend, um schließlich wieder abzuschwellen.

„Der Minotauros wird wach!", flüsterten die Leute einander zu, „er hat Hunger."

Ikaros wusste, was das bedeutete: Wenn der Minotauros wach ist, geht es los. Dann wird er die Menschenopfer verlangen. Dann wird das Stierspringen beginnen. Ikaros drängte es zur Arena, zu Theseus und Andros. Er wollte seine Freunde unbedingt vor dem Stierspringen noch einmal treffen, um ihnen Glück zu wünschen.

In der Arena war viel Bewegung. Die jungen Athener trainierten. Fasziniert beobachtete Ikaros, wie Theseus nahezu schwerelos über einen Stier flog und nach einem Salto sicher in den Armen von Andros landete.

Als der Kronprinz Ikaros entdeckte, unterbrach er das Training: „Klappt alles?", rief er ihm zu.

„Aber klar", antwortete Ikaros, „der Faden ist so gut wie fertig und kann nach Sonnenuntergang abgeholt werden."

„Kein Problem", rief Andros, „das wird von mir erledigt."

„Und von Kelios weiß ich", fuhr Ikaros fort, „dass er die Waffen geschärft hat und vorbereitet ist, sie heute Nacht im Labyrinth zu deponieren."

„Dann kann ja nichts mehr schief gehen", sagte Theseus erleichtert.

„So uns die unberechenbaren Götter keine Steine in den Weg legen", wandte der skeptische Andros ein. Theseus schwieg nachdenklich.

„Darf ich dir eine Frage stellen, die mit unserem Plan nichts zu tun hat?", fragte Ikaros.

„Selbstverständlich, mein Freund."

„Verrate mir bitte, wie das ist, wenn du über den Stier fliegst? Was fühlst du dabei?"

Theseus blickte ihn verwundert an. „Darüber habe ich noch nie nachgedacht. Ich bin immer heilfroh, wenn ich unverletzt in den Armen meines Fängers lande. Weshalb fragst du?"

„Fliegen ist mein größter Traum", rief Ikaros überschwänglich. „Ich würde mein Leben dafür geben, nur ein einziges Mal über einen Stier fliegen zu dürfen. Bitte, lass mich bei euch mitmachen. Ich bin doch auch Athener."

„Das geht nicht", antwortete Theseus, „dafür bist du noch zu jung."

Obwohl ihn die Antwort nicht wirklich überraschte, war Ikaros enttäuscht. Da er aber das Training nicht weiter stören wollte, verabschiedete er sich, wünschte Theseus für das Stierspringen viel Glück und machte sich auf den Weg zurück nach Knossos. „Irgendwann werde ich fliegen", schwor er sich.

Den Abend verbrachte Ikaros mit seinem Vater.

„Was wirst du machen, wenn wir wieder in Athen sind?",
fragte er ihn.

„Ich werde erst einmal sehr viel Zeit brauchen, um das Hohe
Gericht von meiner Unschuld zu überzeugen", antwortete
Dädalos.

„Und danach?", fragte Ikaros weiter.

„Und danach, wenn das Hohe Gericht mich freigesprochen
hat, werde ich über den Bau eines Gerätes nachdenken, mit
dem wir Menschen in die Luft steigen, das heißt fliegen
können."

„Wie soll das gehen?" rief Ikaros erstaunt, „wir Menschen
sind doch schwerer als die Luft."

„Klar sind wir das", antwortete Dädalos, „aber sind das die
Vögel nicht auch? Und wenn die fliegen können, weshalb
nicht auch wir Menschen?"

„Weil die Vögel Flügel haben", wandte Ikaros ein.

„Na und? Dann werde ich für uns Flügel konstruieren", sagte
Dädalos.

„Glaubst du, dass du das hinkriegst?" fragte Ikaros.

„Ich denke schon", antwortete Dädalos selbstbewusst.

„Oh, das wäre phantastisch!", rief Ikaros. „Aber fürchtest du
nicht den Zorn der Götter? Meinst du nicht, dass uns Flügel
gewachsen wären, wenn die Götter dies gewollt hätten?

„Gute Frage", lobte Dädalos seinen Sohn, „aber ich glaube, die Götter haben die Menschenflügel einfach nur vergessen und wären froh, wenn ich ihren Fehler ausbügeln würde."

Ikaros antwortete nicht. Aber es schauderte ihn bei der Vorstellung, sein Vater könnte den Ehrgeiz haben, die Götter zu übertrumpfen: „Willst du wirklich perfekter als die Götter sein?", fragte er.

„Darüber werde ich mir Gedanken machen, sobald wir in Athen sind", antwortete Dädalos. „Noch aber sind wir auf Kreta."

„Weshalb sollten wir nicht nach Athen kommen, wenn wir alles tun, was wir verabredet haben?", fragte Ikaros.

„Nun", antwortete Dädalos, „kann es nicht passieren, dass der Minotauros Theseus umbringt?"

„Ausgeschlossen, Vater, Theseus wird von uns doch bewaffnet. Eigentlich ist die Bestie schon so gut wie tot. Gedanken mache ich mir nur darüber, wie wir das Schiff rechtzeitig erreichen. Theseus hat gesagt, dass sein Schiff nicht länger als drei Stunden auf uns warten kann."

„Drei Stunden ab wann"? fragte Dädalos.

„Ab Theseus` Flucht aus dem Labyrinth", antwortete Ikaros.

„Und da beginnt das Problem. Wie erfahren wir, dass er aus dem Labyrinth herausgekommen ist, es also an der Zeit ist, uns zum Schiff aufzumachen?"

Dädalos dachte nach. „Ganz einfach", erklärte er nach einer Weile. „Sobald öffentlich bekannt gemacht worden ist, dass Theseus den Stiersprung geschafft hat und man ihn zum zu Labyrinth schleppt, werde ich Minos aufsuchen, um ihm zu gratulieren. Ich werde dann schon irgendeinen Grund finden, in seiner Nähe zu bleiben. Und wenn Minos dann plötzlich aufspringt und jubelt, weiß ich, dass Theseus den Kampf gegen den Minotauros verloren hat. Wenn er aber einen Tobsuchtsanfall kriegt, weiß ich, dass Theseus den Minotauros getötet und das Labyrinth verlassen hat. Dann werden wir beide die Beine in die Hand nehmen und zum Schiff rasen."

„Hast du eigentlich eine Idee, weshalb Minos Theseus so sehr hasst, dass er unbedingt seinen Tod will?", fragte Ikaros.

„Nein, keine Ahnung", antwortete Dädalos. „Vielleicht hasst er ihn auch gar nicht. Vielleicht leidet er immer noch unter der Ermordung seines Sohnes und hofft, dass er sich besser fühlt, wenn auch Aigeus seinen Sohn verloren hat. Vielleicht ist er aber nur auf Theseus neidisch, weil der Athener Königssohn jung, gut aussehend und überall beliebt ist, was man von Minos kaum sagen kann."

Das Stierspringen

Das alle drei Jahre stattfindende Stierspringen war für die Kreter stets ein großes Spektakel. Man tanzte und sang in den mit Blumen geschmückten Straßen und Gassen. Auf dem Marktplatz zeigten Gaukler ihre Künste. Außerdem fanden viele Sport- und Musikwettbewerbe statt. Dass das Stierspringen nur das Vorspiel für die grausame Opferung der jungen Athener war, hatte auf die fröhliche Stimmung der Kreter keinen Einfluss.

Diesmal lag jedoch eine bange Spannung über Kreta. Es ging nämlich das Gerücht um, dass Theseus unter den Athenern sei und verkündet habe, den Minotauros zu töten.

Wenn ihm das gelänge, fragte man sich, wie würden dann die Götter reagieren? Was würde geschehen, wenn Theseus nicht den Minotauros, sondern der Minotauros Theseus tötete? Würde es dann einen neuen Krieg mit Athen geben?

Langsam füllte sich die Tribüne der Arena. Zutritt hatten nur die Mitglieder des Königshauses, die vom König eingeladenen ausländischen Gäste, hohe Staatsbeamte und die Vollbürger Kretas. Als sich die Tribüne fast gefüllt hatte, erschien der prächtig gekleidete König und nahm in der ersten Reihe Platz. Zu seinem Schutz hatten Sklaven zwischen der Tribüne und dem sich im Zentrum der Arena befindlichen Kampfplatz eine etwa einen Meter hohe Holzbarriere errichtet, sodass die Stiere den König nicht angreifen konnten.

Kaum hatte sich Minos gesetzt, wurden die als Opfer verdammten jungen Athener und Athenerinnen in die Arena gebracht. Unter ihnen Theseus und Andros. Die schritten zur Mitte des Kampfplatzes und begrüßten Minos mit einer knappen Verbeugung. Der König grüßte griesgrämig zurück.

Anschließend wurden alle Athener aus der Arena getrieben.
Nur Theseus und Andros blieben.
Sekunden später galoppierte ein mächtiger Stier in die Arena und stürmte mit gesenktem Kopf auf Theseus zu. Dem ersten Angriff wich Theseus mit einer eleganten Körperwendung aus. Der Koloss donnerte mit dem Schädel gegen die Holzbarriere, machte blitzschnell kehrt und stampfte erneut auf Theseus zu.

Die Zuschauer hatten nun eigentlich erwartet, dass Theseus dem Stier noch einmal ausweichen würde, um ihn zu ermüden. Theseus blieb jedoch wie ein Fels stehen und sah dem Angreifer konzentriert entgegen. Als der Stier bis auf etwa zwei Meter an ihn herangekommen war, ging Theseus in die Knie, sprang auf ihn zu und packte ihn an den Hörnern.

Jetzt riss das mächtige Tier den Kopf hoch, um Theseus abzuschütteln. Der aber sprang – getragen von dem Schwung des Stierkopfes – mit einem Salto rückwärts über den Stier hinweg und landete in den Armen von Andros.

Die Zuschauer erhoben sich von ihren Sitzen und applaudierten. Noch nie hatten sie erlebt, dass ein Springer über den Stier ohne Zwischenlandung auf dessen Rücken in die Arme des Fängers springt.

Sofort versuchte eine Gruppe kräftiger Sklaven den verdutzten Stier zu Boden zu werfen und zu fesseln, um ihn für den Todesstreich durch Minos vorzubereiten.

Der Stier wehrte sich jedoch und stürmte wild schnaubend auf die Tribüne zu. Vor dem in der ersten Reihe starr vor Angst sitzenden König – nur die Holzbarriere trennte die beiden – stoppte er. In der Arena wurde es totenstill. Alle Augen waren auf den König gerichtet.

Würde er es wagen, in die Arena zu steigen, um dem Stier den Schädel zu spalten?

Als Minos keine Anstalten machte, in die Arena zu steigen, ergriff Theseus die Initiative. Er lief auf den Stier zu und lockte ihn mit lauten Rufen und wild schwingenden Armen von der Barriere weg. Der Stier drehte sich um und nahm den Theseus ins Visier. Diesmal setzte Ikaros nicht zum Sprung an, sondern packte die Hörner des Stiers und riss dessen mächtigen Schädel mit einem Ruck nach unten. Zunächst versuchte der Stier sich dadurch aus dem festen Griff des Kronprinzen zu befreien, dass er seinen Kopf heftig hin und her schleuderte. Ohne Erfolg. Theseus Griff lockerte sich nicht. Dann wich der Stier Schritt für Schritt zurück.

Theseus ließ die Hörner jedoch nicht los. Als der Stier mit seinem Hinterteil die Barriere erreicht hatte und nicht weiter ausweichen konnte, nahm Theseus seine ganze Kraft zusammen und brach ihm mit einem Ruck das Genick. Der Stier fiel tot zu Boden. Die Zuschauer jubelten. Minos starrte ungläubig auf den Stierkadaver.

Plötzlich begann die Erde zu beben. Gleichzeitig hörte man aus dem Labyrinth in ein ohrenbetäubendes Brüllen. Jetzt wusste jeder, dass der Minotauros sein erstes Opfer verlangte.

Vor Angst grau im Gesicht befahl Minos seinen Leibgardisten, Theseus festzunehmen und zum Labyrinth zu schaffen. Dann verließ er fluchtartig die Arena und zog sich in den Königspalast zurück.

Dort wartete Ariadne. „Wie ist das Stierspringen gelaufen?", rief sie ihm aufgeregt entgegen. „Hat Theseus den Stier übersprungen?"

Minos antwortete brummig: „Ja, leider. Er hat verdammt viel Glück gehabt. Damit ist es jetzt aber vorbei. Theseus wird gerade zum Labyrinth gebracht. Der Minotauros wartet schon auf ihn. Endlich wird auch Aigeus merken, wie schmerzlich es ist, seinen Sohn zu verlieren."

Ariadne schluckte, erwiderte jedoch nichts. Sie verabschiedete sich mit der Ausrede, sie gehe in den Tempel, um zu beten. Tatsächlich suchte sie Agluja auf und befahl ihr, Ikaros folgende Nachricht zu überbringen: „Der Adler fliegt". Dies war der mit Ikaros abgesprochene Code für „Theseus ist auf dem Weg ins Labyrinth". Anschließend hastete sie zum Labyrinth, wo sie auf Theseus warten wollte.

Nach vielen Gewissenskämpfen hatte sie sich dazu durchgerungen, ihre Heimat zu verlassen und den Königssohn nach Athen zu begleiten. Sie glaubte an ihn und war sich absolut sicher, dass er den Minotauros besiegen würde.

Wie von Ariadne gewollt, überbrachte Agluja Ikaros die ihr aufgetragene Nachricht.

„Ist Theseus bereits im Labyrinth?", fragte Ikaros.

„Das weiß ich nicht", antwortete Agluja.

Ikaros bedankte sich bei der hübschen Botin und lief zu seinem Vater. „Es geht los!", rief er ihm zu.

„Sei nicht so laut!", antwortete der flüsternd. „Hier gibt es überall unerwünschte Zuhörer. Aber es ist gut, dass die Warterei endlich vorbei ist. Ich gehe jetzt zum Königspalast, um Minos' Reaktionen zu beobachten. Du aber bleibst hier in der Werkstatt, bis ich zurück bin."

Vor dem Königspalast wurde Dädalos von einem Leibwächter in Empfang genommen und zu Minos gebracht. Der König sah erschreckend aus. Schwitzend und leichenblass lief er auf und ab.

„Was hast du in meinem Palast zu suchen?", raunzte er Dädalos an. „Hast du in deiner Werkstatt nichts mehr zu tun?"

„Doch, mein König", log Dädalos, „das habe ich. Aber ich wollte dir wegen Theseus gratulieren und dir die gute Nachricht überbringen, dass die Superwaffe schneller als gedacht fertig wird. Ich brauche nur noch zwei bis drei Monate. Dann ist sie einsatzbereit."

Minos schien nicht zugehört zu haben. „Du bleibst jetzt bei mir, bis wir wissen, dass der Minotauros Theseus vernichtet hat", befahl er. „Dann kommst du mit ins Labyrinth. Ich will mich auch persönlich davon überzeugen, dass der Athener wirklich tot ist."

„Verdammt", dachte Dädalos erschrocken, „das geht schief. Wenn ich Minos zum Labyrinth begleiten muss, werde ich das Schiff kaum rechtzeitig erreichen."

Und so antwortete er ausweichend: „Gern, aber bitte gestatte mir, dass ich vorher noch einmal in meine Werkstatt gehe, um Ikaros Bescheid zu geben. Der wartet da auf mich."

„Dann lass ihn warten", befahl Minos.

Dädalos beugte sich zähneknirschend.

Nunmehr warteten beide gespannt auf Nachrichten aus dem Labyrinth. Und da tat sich etwas: Das Brüllen des Minotauros, das seit der Tötung des Stiers in der Arena nie wirklich aufgehört hatte, schwoll zu einem gewaltigen Getöse an.

„Der Kampf beginnt!", rief Minos mit bebender Stimme. „Beten wir, dass Zeus dem Minotauros beisteht."

Wenige Minuten später hörte man einen schrillen Schrei, der erst in ein Stöhnen und dann in ein Jammern überging, das langsam leiser wurde und schließlich mit einem tiefen langgezogenen Seufzer endete.

„Nein, das ist nicht wahr!", schrie Minos, „Theseus kann nicht gesiegt haben. Zeus hätte das niemals zugelassen. Das stimmt doch, Dädalos?"

Er sah Dädalos erwartungsvoll an. Der schwieg. Er hatte dem König gar nicht zugehört, sondern sich den Kopf zermartert, wie er sich verdrücken könnte. Denn, wenn Theseus überlebt hatte, wovon er nach dem Seufzer des Untiers ausging, musste Theseus jetzt auf dem Weg zum Schiff sein, das heißt, die Dreistundenfrist hatte zu laufen begonnen.

Minos rief seine Leibwächter. „Wir marschieren zum Labyrinth", befahl er, „Und du, Dädalos, kommst mit."

Als sie das Labyrinth erreicht hatten, suchten sie vergeblich die Gardisten, die Minos zu Bewachung des Labyrinths abgestellt hatte.
„Was ist hier los?", schimpfte Minos „weshalb sind die Gardisten nicht auf ihren Posten?"

Und dann entdeckte er sie. Unweit des Eingangs zum Labyrinths.

Erschlagen.

„Welche Verbrecher haben mir das angetan?", brüllte er mit sich überschlagender Stimme. Langsam dämmerte es ihm, dass Theseus geflohen sein musste. „Aber wie konnte er den Minotauros ohne Waffen besiegen? Und wie konnte er aus dem Labyrinth herausfinden. Ohne Komplizen war das unmöglich! Etwa Dädalos? Denn der war einzige Mensch, der sich im Labyrinth zurechtfand. Andererseits, als Theseus gegen den Minotauros kämpfte, war Dädalos im Königspalast. Wenn Dädalos etwas mit der Sache zu tun gehabt haben sollte, muss Theseus also noch weitere Helfer gehabt haben."

Minos ließ sich seinen Verdacht nicht anmerken und befahl Dädalos, mit ihm in das Labyrinth zu steigen. „Ich muss wissen, was im Labyrinth geschehen ist, und dich brauche ich, damit ich wieder hinausfinde."

„Selbstverständlich, mein König", antwortete Dädalos.

Im Labyrinth war es totenstill. Nichts rührte sich. Als sie den Bereich erreichten, in dem sich der Minotauros normalerweise aufhielt, bot sich ihnen ein schreckliches Bild. Das Untier lag blutüberströmt auf dem Boden. Der Kopf war bis zum Halsansatz gespalten, und in der Brust steckte eine Lanze.

Minos sah lange schweigend auf den Kadaver. Dann heulte er wie ein verwundeter Wolf: „Theseus ist des Todes. Und alle, die ihm geholfen haben!"

Dädalos zuckte zusammen. Er ahnte, was auf ihn zukommen würde.

„Was wartest du noch? Willst du hier Wurzeln schlagen? Führe mich sofort raus aus deinem Labyrinth!", befahl Minos.

Dädalos überlegte kurz, ob er nicht besser Minos im Labyrinth zurücklassen und fliehen sollte.

Er verwarf diesen Gedanken jedoch. Der misstrauische Kerl, so überlegte er, hat bestimmt seine Leibgardisten angewiesen, mich festzunehmen, falls ich alleine aus dem Labyrinth kommen sollte. Außerdem hoffte er, den nicht besonders hellen Minos davon überzeugen zu können, dass er mit Theseus' Flucht nichts zu tun gehabt hatte.

Wenige Meter vor dem Ausgang, das Sonnenlicht war schon zu sehen, entdeckte Dädalos den von Ariadne gesponnenen zu einem Knäuel aufgewickelten Faden, den Theseus wohl auf seiner Flucht verloren hatte.

Dädalos erkannte sofort die von dem Knäuel ausgehende Gefahr. Sein erster Gedanke war, das Knäuel mit dem Fuß aus dem Blickfeld des Königs stoßen. Was aber, wenn auch Minos das Ding bereits bemerkt hatte? Also besser, das Knäuel aufheben, es Minos zu zeigen, und so tun, als wisse er nicht, was der Fund bedeute. Dädalos hob das Knäuel auf und überreichte es dem König.

„Was ist das?", rief der erstaunt.
„Wenn ich mich nicht täusche, ein Seidenfaden, den irgendwer zu einem Knäuel aufgewickelt hat", antwortete Dädalos kaltblütig.

„Wie zum Teufel kommt denn der in das Labyrinth?" fragte Minos.

„Woher soll ich das wissen?"

„Du weißt sonst doch alles!" rief Minos gereizt.

„Könnte der etwas mit der Flucht von Theseus zu tun haben?" fragte Dädalos, Minos betont unschuldig anblickend.

Minos betrachtete das Knäuel von allen Seiten und sagte: „Das ist chinesische Seide. Solche Seide gibt es nur in meiner Vorratskammer. Der, der das Knäuel hier verloren hat, muss also in der Vorratskammer gewesen sein."

„Wer hat denn alles Zugang zu deiner Vorratskammer?", fragte Dädalos. „Theseus doch bestimmt nicht, oder?"

„Werde jetzt nicht auch noch frech!", schrie Minos. „Das Knäuel zeigt aber, dass Theseus mehr als einen Komplizen gehabt haben muss, und darunter einen mit Zugang zu der königlichen Vorratskammer."

Minos beschloss, als erste Verdächtige Agluja in die Zange nehmen zu lassen. „Agluja ist aus Troja und alle Trojaner sind falsch", redete er sich ein. Außerdem wusste er, dass sie Ariadnes Lieblingssklavin war, und dass Ariadne sie gegen seine Anweisung manchmal in die Vorratskammer schickte, um irgendetwas herauszuholen.

Und dann erinnerte er sich noch an die Meldung eines seiner Spitzel, dass er Agluja mehrfach zusammen mit Andros und Ikaros gesehen habe. Die Sklavin musste also etwas wissen. Und was sie wusste, das würden seine Verhörspezialisten schon herausbekommen. „In den Händen meiner Spezialisten wird sie wie ein Vögelchen singen!" Da war sich Minos ganz sicher.

Unmittelbar nachdem sie das Labyrinth verlassen hatten, befahl Minos seinen Leibgardisten, Theseus zu suchen und zu verhaften, sowie mit allen Mitteln das Auslaufen des Schiffes der Athener zu verhindern.

„Kommt mir ja nicht ohne Theseus zurück!", rief er ihnen drohend hinterher.

Die Flucht aus Kreta

Ikaros hatte es sich in der Werkstatt gemütlich gemacht. Das aus dem Labyrinth kommende Grollen beunruhigte ihn nicht weiter, denn er war fest davon überzeugt, dass es bald für immer verstummen würde. Nach einer Weile nickte er ein und begann zu träumen. Er träumte, er sei in Athen und sein Vater habe für ihn ein funktionierendes Fluggerät gebaut.

„Wohin werde ich fliegen?", überlegte Ikaros im Traum.

„Als erstes werde ich über Athen fliegen, um zu sehen, wie meine Heimatstadt von oben aussieht. Dann werde ich den Horizont ansteuern, um zu erkunden, was sich dahinter verbirgt. Und danach die Sterne, um herauszufinden, ob sie wirklich aus Gold sind und wohin sie bei Sonnenaufgang verschwinden." Weiter kam Ikaros nicht. Der gellende, mit einem tiefen Seufzer endende Schrei des Minotauros riss ihn aus dem Schlaf.

Ikaros sprang auf. Er wusste, was der Seufzer bedeutet: Es war der Todesseufzer des Minotauros. Theseus hatte den Kampf für sich entschieden. Jetzt musste nur noch der Vater zurückkommen. Und dann schnell zum Schiff nach Athen.

Dädalos kam jedoch nicht. Stattdessen erschien Agluja, aufgelöst und verängstigt.

„Was ist geschehen?" fragte Ikaros erschrocken. „Wo ist mein Vater?"

„Dein Vater ist mit dem König auf dem Weg zum Labyrinth", rief Agluja. „Der König will herausfinden, was mit dem Minotauros passiert ist. Und dabei soll ihm dein Vater helfen."

„Wenn das stimmt", überlegte Ikaros traurig, „dann kann ich Athen vergessen, denn dann haben wir null Chancen, das Schiff rechtzeitig zu erreichen."

Er beschloss, sofort zur Bucht zu rasen, um Theseus zu sagen, dass er nicht weiter auf sie warten soll. Bevor er aufbrach, bat er Agluja, Kelios über die Situation zu informieren und sich anschließend zu verstecken. „Der König darf dich niemals in die Hände kriegen", warnte er sie eindringlich, „er würde dich schrecklich foltern lassen, bis du – ob du willst oder nicht – alles gestehst."

„Was habe ich denn zu gestehen?", fragte Agluja totenbleich, „ich weiß doch so gut wie nichts."

„Es kommt nicht darauf an, was du weißt", antwortete Ikaros. „Unter Folter sagt man alles, was die Folterknechte hören wollen, selbst Sachen, die es überhaupt nicht gibt."

Agluja verschwand und Ikaros machte sich auf den Weg zu der Bucht, in der das Schiff mit den schwarzen Segeln ankerte. Andros erwartete ihn: „Theseus ist mit Ariadne bereits an Bord. Sobald dein Vater hier ist, können wir ablegen."

„Ariadne ist an Bord?" fragte Ikaros überrascht.

„Ja", antwortete Andros, „die Prinzessin kommt mit nach Athen."

Ikaros schluckte, fasste sich aber schnell und berichtete Andros, dass sein Vater mit Minos auf dem Weg zum Labyrinth sei.

„Ihr solltet sofort starten", drängte er.

„Das geht nicht", antwortete Andros, „du weißt doch, Theseus hat versprochen, drei Stunden auf euch zu warten. Und die sind noch nicht vorbei."

„Das Versprechen ist überholt", rief Ikaros, „denn es ist ausgeschlossen, dass mein Vater rechtzeitig kommt. Aber Minos' Häscher werden gleich hier sein und Theseus verhaften, wenn ihr nicht blitzschnell abhaut."

„Und was ist mit dir?", fragte Andros. „Komm wenigstens du mit. Dir geht es doch auch an den Kragen, wenn du auf Kreta bleibst."

„Das weiß ich", antwortete Ikaros. „Glaube mir, ich würde nur allzu gern mitkommen. Aber nicht ohne meinen Vater. Ich habe ihn überredet, euch zu helfen. Da darf ich ihn doch jetzt nicht im Stich lassen. Vielleicht braucht er meine Hilfe. Bitte richte Theseus und Ariadne aus, dass ich im Herzen bei ihnen bin und Poseidon anflehen werde, euer Schiff zu beschützen."

Andros und Ikaros umarmten sich.

„Pass gut auf dich auf, mein Freund", sagte Andros, „ich werde dich sehr vermissen!" Anschließend stieg er über eine Strickleiter auf das Schiff.

Theseus, Ariadne und all die anderen jungen Athener und Athenerinnen standen an der Reling, winkten und riefen: „Danke für deine Hilfe, Ikaros! Komm bald nach. Wir werden in Athen auf dich warten."

Nunmehr befahl Theseus, die Anker zu lichten und die Segel zu setzen. Ikaros wartete am Ufer, bis das Schiff am Horizont verschwunden war.

Sekunden später stürmten Minos` Leibgardisten heran. Sie ergriffen Ikaros und warfen ihn brutal zu Boden.

„Wo ist das verfluchte Schiff?", brüllten sie, „und wo ist der Mörder Theseus?"

Ikaros schwieg.

„Kannst du nicht antworten? Bist du stumm?"
Ikaros schwieg.

„Glaubst du etwa, dass dir das Schweigen etwas nützt?"
Ikaros schwieg weiter.

Jetzt fesselten sie ihn. „Was wollt ihr von mir?", rief er. „Was habe ich denn verbrochen?"

„Spiel hier nicht den Ahnungslosen, du Verräter", geiferten die Häscher. „Unser König wird dir schon sagen, was du verbrochen hast."

Ikaros ergab sich seinem Schicksal, aber nicht mutlos. Er war sich sicher, das sein genialer Vater einen Weg aus der aussichtslos erscheinenden Lage finden würde.

Im Labyrinth

Auf dem Rückweg vom Labyrinth nach Knossos war Minos ungewöhnlich leutselig. Er erkundigte sich nach Ikaros, fragte Dädalos, ob es seinem Sohn in Kreta gefalle, ob Ikaros schon Freunde gefunden habe, Kelios kenne, ob er das Talent habe, ein genauso genialer Erfinder wie sein Vater zu werden, und viele andere Dinge mehr.

„Was soll diese Fragerei?", überlegte Dädalos. „Minos weiß durch seine Spitzel doch mehr über Ikaros als ich.

Verdächtigt er etwa Ikaros und sucht nach einer Verbindung zwischen ihm und Theseus? Will er mich und Ikaros in Widersprüche verwickeln?"

Er beantwortete die Fragen so zurückhaltend und ungenau, dass Minos ihn schließlich fragte, ob er denn überhaupt nicht wisse, was Ikaros in Kreta treibe.

„Leider hast du recht, mein König", antwortete Dädalos, „die Arbeit für dich lässt mir keine Zeit für meinen Sohn. Deshalb bin ich dir auch sehr dankbar, dass du Ariadne gebeten hast, sich ein wenig um ihn zu kümmern."

Diese Antwort erweckte bei Minos einen schlimmen Verdacht. „Wenn Ikaros zu den Verschwörern gehört", überlegte er, „könnte er Ariadne überredet haben, bei Theseus' Flucht mitzuhelfen."

In Knossos angekommen, war es aus mit der Freundlichkeit des Königs.
„Du hast mich verraten!" schrie er Dädalos an. „Ist das dein Dank dafür, dass ich dir und deinem missratenen Sohn Asyl gewährt habe?"
Minos ließ Dädalos keine Zeit, sich zu rechtfertigen. „Sperrt den Schurken in die Werkstatt", befahl er den Leibgardisten. „Ihr haftet mit eurem Leben, dass er nicht flieht!"

Anschließend begab sich Minos in den Palast und beauftragte seine Verhörspezialisten, sich Agluja vorzunehmen.

„Quetscht sie aus, bis sie alles ausgespuckt hat, was sie weiß", befahl er.

Dann ordnete er an, Ariadne zu holen. Er wollte seine Tochter danach befragen, wer den Faden aus der chinesischen Seide geknüpft haben könnte und ob sie Leute kenne, denen sie zutraue, Theseus unterstützt zu haben. Er hoffte immer noch, dass seine Tochter mit den Verschwörern nichts zu tun hatte.

Aber wo war Ariadne? Sie war nicht aufzufinden. Ihre Zofe berichtete, dass sie den Königspalast vor Stunden verlassen habe. Mit welchem Ziel, wusste die Zofe nicht. Jetzt schwante es Minos, dass seine Tochter mit Theseus geflohen war.

Er verlor jede Beherrschung und fluchte voller Wut und Enttäuschung: „Zuerst habt ihr verdammten Athener meinen Sohn ermordet, und jetzt habt ihr mir auch noch meine Tochter gestohlen! Das werdet ihr mir büßen!"

Als die Leibgardisten ohne Theseus aus der Bucht zurückkamen und geknickt berichteten, dass sie das Schiff der Athener nicht aufhalten konnten, steigerte sich seine Wut ins Unermessliche.

„Ihr verdammten Versager", brüllte er mit Schaum vor dem Mund, „noch eine einzige Panne und ich schlage eure hohlen Köpfe ein!"

Dann wandte er sich Ikaros zu, den die Leibgardisten gefesselt vor Minos' Füße geworfen hatten. „Wo ist Ariadne?", herrschte er ihn an.

Ikaros schwieg.

„Muss ich erst meine Verhörspezialisten auf dich ansetzen, damit du dein Maul aufmachst?"
„Wenn du das für richtig hältst", erwiderte Ikaros mit gespieltem Selbstbewusstsein. „Die werden von mir auch nur hören, dass ich keine Ahnung habe, wo Ariadne ist. Bin ich denn der Hüter deiner Tochter?"
„Jetzt werde nicht auch noch frech!", fauchte Minos.
„Bitte entschuldige, mein König, das wollte ich nicht", entgegnete Ikaros, „aber solange ich gefesselt auf dem Boden liege und mein Vater nicht hier ist, wirst du von mir kein weiteres Wort hören."

„Deinen Vater wirst du gleich sehen. Der ist ein noch viel schlimmerer Verräter als du, denn der hatte mir Treue geschworen. Wenn dein Vater auch so verstockt ist wie du, kommt ihr beide in die Folterkammer."

Ikaros schwieg.

Alsdann verließ Minos wortlos den Thronsaal. Er wollte sich bei den Verhörspezialisten erkundigen, was sie aus Agluja herausgequetscht hatten. Nach wenigen Minuten kehrte er triumphierend um sich blickend zurück.

Zwischenzeitlich war Dädalos von schwer bewaffneten Leibgardisten in den Thronsaal gebracht worden.
„Weshalb ist Ikaros gefesselt?", rief er. „Was hast du mit meinem unschuldigen Sohn vor?"

„Unschuldig? Dass ich nicht lache!", antwortete Minos spöttisch. „Aber es liegt bei Dir, ob deinem Sohn etwas passiert. Ihm geschieht nichts, wenn du die Wahrheit sagst."

„Weshalb sollte ich nicht die Wahrheit sagen?", fragte Dädalos zurück. „Habe ich dich jemals belogen?"

„Das weiß ich noch nicht", entgegnete Minos. „Falls du aber abstreitest, Theseus geholfen zu haben, dann lügst du. Denn du bist der Einzige, der Theseus zeigen konnte, wie man aus dem Labyrinth herauskommt."
„Wieso nur ich?", fragte Dädalos. „Vielleicht hat Athena dem Athener Kronprinzen geholfen haben? Immerhin ist sie Athens Schutzgöttin."

„Unsinn", brüllte Minos, „das hätte Zeus nicht zugelassen!"

„Woher willst du das wissen?" erwiderte Dädalos."
„Ich weiß es halt!", knurrte Minos nicht ganz überzeugt.

„Da habe ich aber meine Zweifel", antwortete Dädalos.
„Jedenfalls ist es absurd, mir zu unterstellen, ich hätte Theseus geholfen! Ausgerechnet mir, der in Athen verfolgt wird."

„Weshalb du ihm geholfen hast, ist mir egal", schrie Minos. „Ich weiß genau, dass der Fluchtplan von dir kommt. Dies hat Agluja meinen Verhörspezialisten gestanden. Weitere Beweise brauche ich nicht. Von dir will ich eigentlich nur wissen, wer noch geholfen hat, damit ich die ganze Verräterbande auslöschen kann."
„Du bluffst doch nur", sagte Dädalos unbeeindruckt.
„Agluja hat das ganz sicher nicht gestanden. Lass sie herbringen. Wenn sie meint, ich hätte mir den Fluchtplan ausgedacht, soll sie mir das ins Gesicht sagen."

„Pech gehabt", grinste Minos zynisch, „sie ist tot."

Ikaros schluckte. „Das arme Mädchen", dachte er, „hoffentlich musste sie nicht allzu sehr leiden."

„Was machst du für ein Gesicht!", herrschte Minos ihn an. „Du hast wohl Mitleid mit der Verräterin! Du wirst ihr Schicksal teilen, wenn dein Vater weiter lügt."

„Hast du etwa vor, auch meinen Sohn zu Tode foltern zu lassen?", rief Dädalos empört. „Es wäre eines Königs absolut unwürdig, den Sohn eines Gastes seines Landes zu foltern! Außerdem weißt du genau, dass Folter kein Mittel ist, die Wahrheit zu erfahren. Selbst du würdest alles gestehen, was die Folterknechte von dir hören wollen."

„Papperlapapp", höhnte Minos, „ich habe dir doch schon gesagt, dass es ausschließlich bei dir liegt, ob dein Sohn gefoltert wird. Niemand wird dem Jungen auch nur ein einziges Haar krümmen, wenn du jetzt die Wahrheit sagst. Also, gestehe endlich, dass du Theseus geholfen hast und nenne mir deine Komplizen!"

„Mein König", antwortete Dädalos, Selbstsicherheit vorspielend, „bitte glaube mir, ich habe Theseus nicht geholfen. Hast du vergessen, dass ich bei den Göttern geschworen habe, dir uneingeschränkt und auf alle Ewigkeit treu zu dienen? Glaubst du wirklich, dass ich diesen heiligen Schwur zugunsten eines Atheners brechen würde?"

Dädalos machte eine Pause, um die Wirkung seiner Worte abzuwarten. Als Minos stumm blieb, fuhr er fort: „Wenn du tatsächlich planst, meine wertvollen Dienste für dich und dein Land damit zu belohnen, dass du einer kleinen gefolterten Sklavin aus Troja mehr als mir glaubst und meinen Sohn foltern lässt, dann gilt mein heiliger Schwur nicht mehr. Dann kannst du die Modernisierung deiner verrotteten Flotte und die Superwaffe vergessen."

Jetzt wurde Minos unsicher.

„Falls Ikaros unter Folter bestätigt, dass sein Vater Theseus geholfen hat", überlegte er, „was habe ich davon? Das bringt mir Ariadne und Theseus nicht zurück. Aber wenn der verräterische Dädalos meine Flotte kampffähig macht und die Superwaffe baut, bin ich in der Lage, Athen endgültig zu vernichten und jedes Land zu plündern, das sich mir nicht freiwillig unterwirft. Danach kann ich Dädalos immer noch in den Hades schicken."

Minos brach die Vernehmung ab und befahl den Leibwächtern, Dädalos und Ikaros in ihr Quartier zurückzuschaffen und dort einzusperren. „Glaubt ja nicht, dass die Sache damit erledigt ist", rief er den beiden drohend hinterher.

„Was geschieht jetzt mit uns?", fragte Ikaros seinen Vater.

„Das weiß ich nicht. Ich vermute aber, dass uns Minos vorerst am Leben lässt, weil er unbedingt die Superwaffe haben will."

„Kannst du mir nicht endlich erzählen, was für eine Waffe du dem König versprochen hast?"

„Stell dir eine Waffe vor, die allen anderen Waffen haushoch überlegen ist. Eine Waffe, mit der man tödliche Blitze über Entfernungen von mehr als tausend Metern auf seine Feinde schleudern kann."

„Mensch, Vater", rief Ikaros, „dann ist der, der eine solche Waffe hat, doch praktisch unbesiegbar? Wenn du Minos diese Wunderwaffe baust, wird er uns bestimmt freilassen."

„Nein, ganz sicher nicht, mein Sohn. Minos wird mich auch dann umbringen. Dich wird er vielleicht am Leben lassen und als Sklave verkaufen."

„Das verstehe ich nicht, das musst du mir erklären, Vater", bat Ikaros.

„Dann denk doch mal richtig nach, mein Sohn."

„Ich habs", rief Ikaros nach einer Weile, „wenn Minos mit der Waffe unbesiegbar ist und unbesiegbar bleiben will, darf kein anderer die Superwaffe in die Hand bekommen.

Und da du der Einzige bist, der so eine Waffe bauen kann, muss er verhindern, dass du die Waffe auch für andere baust. Er muss dich also töten, sobald du ihm die Waffe geliefert hast."

„Richtig, Ikaros, genauso ist es."
„Dann sind wir ja in jedem Fall verloren", seufzte Ikaros niedergeschlagen.

„Vielleicht ja, vielleicht nein", erwiderte Dädalos nachdenklich. „Aber Kopf hoch, mein Sohn. So leicht gebe ich nicht auf. Wir haben noch eine Chance. Und um die werde ich kämpfen. Das verspreche ich dir."
„Wie kann ich dir dabei helfen?", fragte Ikaros wieder etwas zuversichtlicher.
„Erst einmal überhaupt nicht", antwortete Dädalos. „Überlasse alles mir. Wenn Minos dich anspricht, sag kein Wort. Tu einfach so, als hättest du die Sprache verloren."

Am nächsten Morgen wurden die beiden erneut in den Thronsaal gebracht. Minos ließ sich zunächst nicht blicken. Offensichtlich wollte er sie zappeln lassen und nervös machen. Dann erschien er umgeben von seinen 12 riesigen Leibwächtern.

Dädalos nickte dem König kühl zu und fragte, als sei an dem Vortag überhaupt nichts geschehen: „Sage mir, mein König, wann darf ich endlich wieder an meine Arbeit? Ich kann den Zeitplan nicht einhalten, wenn ich hier weiter herumlungern muss."

Minos antwortete nicht. Aber er schickte seine Leibwächter, ausgenommen die beiden taubstummen, aus dem Raum und fragte plötzlich ausgesprochen freundlich: „Wann lieferst du endlich die Superwaffe?"

„Das liegt nicht bei mir", antwortete Dädalos. „Könnte ich ungestört arbeiten, wäre die Waffe in dreißig bis vierzig Tagen fertig. Du müsstest aber auch Ikaros in Ruhe lassen, denn ich kann mich auf die Arbeit nur konzentrieren, wenn ich mir um meinen Sohn keine Sorgen machen muss."

„Ruhe könnt ihr haben", entgegnete Minos bösartig. „Ich sperre euch beide in dein Labyrinth und lasse alle Ein- und Ausgänge zumauern. Raus kommt ihr nur und erst, wenn du die Waffe gebaut hast. Falls dir das nicht gelingt, habt ihr auf alle Ewigkeit Ruhe, und zwar eingesperrt im Labyrinth. Aber als gnädiger König werde ich dafür sorgen, dass eure Ewigkeit kurz sein wird. Die Nahrungsmittel im Labyrinth reichen nämlich nur 30 Tage, vielleicht auch 40 Tage, wenn ihr sehr sparsam damit umgeht.

Danach müsst ihr verhungern, ich sei denn, ich bekomme vorher meine Waffe."

„Das ist fair", sagte Dädalos unbeeindruckt. „ 40 Tage reichen dicke. Allerdings müssen mir im Labyrinth sämtliche Werkzeuge und Materialien aus meiner Werkstatt zur Verfügung stehen."

„Kein Problem", erwiderte Minos, „aber ich warne dich, versuche ja nicht, mich reinzulegen."
„Wie könnte ich, du lässt das Labyrinth ja verrammeln!"

Soviel Selbstsicherheit hatte Minos nicht erwartet. Das machte ihn noch wütender, als er es ohnehin schon war. Wenn er nicht so scharf auf die Superwaffe gewesen wäre, hätte er die beiden sofort erschlagen. „Wartet nur ab, ihr arroganten Athener!", fluchte er innerlich und verließ den Thronsaal.

Einen Tag später fanden sich Dädalos und Ikaros im Labyrinth wieder mit Lebensmittelvorräten für maximal 40 Tage und allen Werkzeugen und Materialien aus der Werkstatt.

„Wirst du es hinkriegen, die Waffe zu bauen, bevor wir verhungert und verdurstet sind?", fragte Ikaros besorgt.

„Nein, dafür bräuchte ich Jahre", antwortete Dädalos. Aber selbst wenn ein Wunder geschähe und ich das Ding rechtzeitig bauen könnte, würde ich das nicht tun."

„Und weshalb nicht?

„Ich habe dir doch schon erklärt, dass Minos uns auch umbringen würde, wenn ich die Waffe liefere."

„Aber könnte es nicht sein, dass er uns aus Dankbarkeit doch am Leben lässt?"

„Ausgeschlossen", antwortete Dädalos. „Minos weiß überhaupt nicht, was Dankbarkeit ist. Er kennt nur Macht, Gier und Rache. Unabhängig davon befürchte ich, dass mich der Zorn von Zeus treffen würde, wenn ich den unberechenbaren und machtgeilen König mit der gefährlichen Superwaffe ausrüste."

„Aber Minos ist doch ein Sohn von Zeus. Meinst du wirklich, dass Zeus die Menschen vor seinem Sohn schützen möchte?"

„Eher nicht, aber Zeus wird niemals zulassen, dass irgendjemand, Sohn oder nicht Sohn, ihn nachahmend Blitze in der Gegend herumschleudert. Weißt du nicht, was mit Prometheus geschehen ist, der den Menschen gegen den Willen von Zeus das Feuer geschenkt hat?"

„Keine Ahnung."

„Zeus ließ ihn mit einer eisernen Kette an einen Felsen schmieden und beauftragte einen Adler, in regelmäßigen Abständen Stücke aus seiner Leber herauszureißen."

„Das ist ja grauenhaft!", rief Ikaros entsetzt. „Aber trotzdem, was wird aus uns, wenn du die Waffe nicht baust? Wollen wir hier herumsitzen, Daumen drehen und warten bis wir verhungert sind?"

„Wo denkst du hin, wir werden fliehen!"

„Fliehen?", fragte Ikaros total überrascht, „das Labyrinth ist doch zugemauert. Gibt es etwa einen geheimen Ausgang?"

„Nicht wirklich", sagte Dädalos, „aber an der Seite des Labyrinths, die gegenüber dem Eingang liegt, gibt es eine nach oben offene Plattform, die ins Freie hinausragt. Außer mir kennt die niemand. Allerdings kann man über die Plattform nicht einfach nach draußen marschieren, denn sie befindet sich mehr als hundert Meter senkrecht über dem Meer."
„Können wir da runterklettern?"
„Nein, wir würden abstürzen."
„Dann nutzt uns die Plattform ja nichts! Wir sind doch keine Vögel!"

„Nein, Vögel sind wir nicht", antwortete Dädalos, „trotzdem ist die Plattform unsere Rettung. Ich konstruiere für uns Fluggeräte, mit denen wir von der Plattform aus in die Freiheit fliegen werden."

Ikaros sah seinen Vater erstaunt an. Hatte der nicht gesagt, er werde erst in Athen über den Bau eines Fluggerätes nachdenken?

„Du machst doch nur Spaß, um mich zu trösten?", fragte er skeptisch.

„Nein, mein Sohn, wir werden wirklich fliegen, ich habe die Konstruktion schon im Kopf."

„Vater, wenn du das hinkriegst, das wäre echt genial!", rief Ikaros. „Dann könnten wir dem schrecklichen König entkommen und nach Athen fliegen."

„So ist es, mein Sohn", bestätigte Dädalos. „In spätestens dreißig Tagen sind wir in Athen. Das schwöre ich dir bei allem, was mir heilig ist."

Der Schwur war sehr voreilig, denn bislang hatte Dädalos nur eine vage Idee, wie so ein Fluggerät aussehen könnte. Er wusste natürlich, dass die meisten Erfindungen, mögen sie noch so genial sein, reine Ideen bleiben, weil es unmöglich ist, sie in die Praxis umzusetzen.

Da der Mensch schwerer als die Luft ist, bestand Dädalos'
Hauptproblem darin, einen Weg zu finden, das eigene Gewicht
mit reiner Muskelkraft in der Luft zu halten. Die Lösung fiel
ihm schließlich beim Beobachten der Vögel ein. „Für das
Fliegen sind offensichtlich die Flügel ausschlaggebend",
überlegte er. „Ich werde deshalb unsere Arme mit einer
Gleitfläche ausstatten, damit sie die Funktion der Flügel
übernehmen können. Und um besser als die Vögel zu sein,
werde zusätzlich die Schiffssegel kopieren, die mithilfe des
Windes die Schiffe über das Meer treiben. Für die Fluggeräte
brauche ich also flügelähnliche Gestelle aus sehr leichtem
Material. Die werde ich mit Leder bespannen und mit Federn
bekleben und dann an unseren Armen und Schultern so
befestigen, dass wir mit ihnen wie mit Flügeln schlagen und
wie mit Segeln schweben können", erklärte er seinem Sohn.
Material für den Bau der Gestelle gab es im Labyrinth
übergenug. Zum einen die von dem Minotauros abgenagten
Knochen und zum anderen die zu Leder gewordenen Häute
seiner Opfer. Mit dem von Ariadne gesponnen Faden, den
Dädalos heimlich eingesteckt hatte, als er mit Minos im
Labyrinth war, wollte er die Knochen zusammenbinden, die
Häute über den Flächen zwischen den Knochen befestigen
und schlussendlich die fertigen Gestelle an Arme und
Schultern binden.

Aber woher die Federn bekommen? Es müssten die Federn von möglichst großen Vögeln sein, von Adlern oder Geiern. Auch hatte er keine Ahnung, welches Material für das Befestigen der Federn geeignet sein könnte.

Dädalos verschwieg Ikaros die Schwierigkeiten, die dem Bau der Fluggeräte noch entgegenstanden. „Weshalb den Jungen verunsichern", sagte er sich.

Inzwischen war es dunkel geworden. Vater und Sohn beschlossen, erst einmal eine Runde zu schlafen, um am nächsten Morgen ausgeruht an die Arbeit gehen zu können.

Der Bau der Fluggeräte

„Du erinnerst dich", krächzte der weisse Rabe, „damals war ich im Auftrag von Zeus unterwegs, um Minos im Auge zu behalten und Zeus laufend zu berichten, was auf Kreta alles so passiert."

Kreta war für Zeus nämlich ein ganz besonderer Ort. Er war auf der schönen Mittelmeerinsel zur Welt gekommen und hatte dort mit der phönizischen Königstochter Europa den windigen Minos gezeugt.

Natürlich war mir nicht verborgen geblieben, dass Dädalos Minos versprochen hatte, eine Blitze schießende Superwaffe zu bauen. Auch nicht, dass Dädalos und Ikaros im Labyrinth eingesperrt waren. Als ich Zeus davon berichtete, reagierte der ausgesprochen verärgert. Wütend war er aber nicht auf Minos, sondern auf Dädalos.

„Dieser respektlose und eitle Gauner", schimpfte er, „erst baut er ungefragt Statuen, die uns Göttern so ähnlich sind, dass man sie ständig mit uns verwechselt, und jetzt versucht er auch noch eine Waffe zu basteln, die etwas kann, was ausschließlich mir vorbehalten bleiben muss, nämlich Blitze zu schleudern."

Zeus forderte mich auf, schnellstmöglich herauszufinden, wie weit Dädalos mit der Waffe war. Da auch mich das interessierte, flog ich sofort zum Labyrinth. Ich landete auf der Plattform, die Minos beim Verrammeln des Labyrinths übersehen hatte.

Dort traf ich Ikaros, der die Plattform nach Federn absuchte.

„Hey, mein Freund", fragte ich ihn, „wofür brauchst du Federn? Hier wirst du kaum welche finden."

Wie alle Menschen, die zum ersten Mal in ihrem Leben einem sprechenden Raben begegneten, sah mich Ikaros verwundert an.

„Weshalb nennst du mich Freund?", fragte er schüchtern. „Hier auf Kreta habe ich keine Freunde. Meine Freunde sind tot oder nach Athen geflohen."

Darauf wusste ich keine richtige Antwort. Ausweichend antwortete ich, dass man manchmal Freunde habe, von denen man gar nichts wisse.

Ich brauchte viele gute Worte, bis Ikaros sein Misstrauen abgelegt hatte und mir seine Geschichte erzählte. Treuherzig vertraute er mir auch an, dass er Federn für ein Fluggerät suche, das sein genialer Vater baue, damit sie von der Plattform aus nach Athen fliegen könnten.
Um Ikaros nicht zu beunruhigen, verschwieg ich, dass ich im Auftrag von Zeus gekommen war und fragte ihn ganz unverfänglich, ob sein Vater etwa der geniale Erfinder sei, der für den König von Kreta eine Waffe entwickle, mit der man Blitze auf seine Feinde schießen könne
„Nein", antwortete Ikaros, „mein Vater baut die Waffe nicht..
Er hat dies Minos nur vorgegaukelt, damit er uns am Leben lässt."

Diese Auskunft überraschte mich.

„Wäre dein Vater denn überhaupt in der Lage, eine solche Waffe zu bauen?"

„Selbstverständlich", erwiderte Ikaros. „Wenn er will, kann er alles. Vater will aber nicht, dass Minos oder ein anderer Mensch in den Besitz einer derart gefährlichen Waffe kommt."

Eine gute Antwort, dachte ich mir. Zeus wird sich freuen.

Bevor ich die Plattform verließ, um Zeus Bericht zu erstatten, bot ich Ikaros an, beim Bau des Fluggeräts zu helfen, da niemand das besser könne als ein Vogel.
„Ich werde Vater fragen", antwortete Ikaros.

Der Göttervater war überaus zufrieden, als ich ihm berichtete, dass Dädalos gar nicht daran dachte, Minos die Superwaffe zu verschaffen und es überhaupt ablehnte, irgendeinem Sterblichen eine solche Waffe in die Hand zu geben.

„Was für eine Überraschung, der respektlose und manchmal größenwahnsinnige Dädalos kann ja sogar vernünftig sein", sagte Zeus. „Wir werden ihm deshalb helfen, meinem übergeschnappten Sohn zu entkommen."

Wenn Zeus zu mir ‚wir' sagte, meinte er meistens mich. Ich sollte mich also um die Flucht kümmern. Das hätte ich zwar ohnehin getan. Zu wissen, dass der Göttervater hinter mir steht, war jedoch ein gutes Gefühl.

Als ich in das Labyrinth zurückkehrte, hatte Ikaros seinem Vater bereits von mir und meinem Angebot, beim Bau der Fluggeräte zu helfen, erzählt. Statt mir dankbar zu sein, empfing mich Dädalos äußerst unfreundlich und lehnte jede Hilfe arrogant ab.

„Für den Bau der Fluggeräte brauche ich keinen Raben", sagte er schroff.

„Das will ich gar nicht bestreiten", erwiderte ich, „aber ohne Klebstoff und Federn wirst du trotz deiner Genialität kein einziges Fluggerät bauen können."

„Verschwinde!", rief Dädalos, „du störst."

Jetzt mischte sich Ikaros ein. „Bitte, Vater, bitte schicke den Raben nicht weg. Wir brauchen ihn. Wie sollen wir ohne ihn an Federn und Klebstoff herankommen?"
Dädalos wurde nachdenklich.

„Kannst du diese Sachen tatsächlich beschaffen?" fragte er.

„Und was willst du dafür haben? Etwa den Konstruktionsplan des Fluggeräts? Den kriegst du in keinem Fall."

Das jemand bereit sein könnte, ihm ohne jede Gegenleistung zu helfen, war für Dädalos unvorstellbar.

„Klar könnte ich das", erklärte ich ihm, „aber nicht dir zuliebe, sondern nur, damit Ikaros in seine Heimat zurückkehren kann. Und deinen Konstruktionsplan brauche ich nicht. Als Rabe bin ich mein eigenes Fluggerät, mit dem du niemals mithalten kannst."

Dädalos schluckte. „Okay", sagte er nach einigem Zögern, „wenn du unbedingt die Federn und den Klebstoff beschaffen willst, soll es mir recht sein."

„Was für ein Klebstoff schwebt dir denn vor?", fragte ich.

„Darüber habe ich noch nicht nachgedacht. Aber mir wird schon etwas einfallen", entgegnete Dädalos.

Als ich ihm dann Bienenwachs vorschlug, wurde er verlegen. Offensichtlich war es ihm unangenehm, dass ich, ein Rabe, auf einen solch genialen Gedanken gekommen war.

So begann unsere höchst erfolgreiche Zusammenarbeit. Anfänglich war Dädalos sehr zurückhaltend. Das änderte sich, als ich nach und nach, gleichwohl aber zügig, eine große Menge Adler- und Geierfedern beschaffte.

Du wirst dich vermutlich fragen, wie ich an die Federn herangekommen bin, denn als Rabe konnte ich mich natürlich nicht auf diese großen Vögel stürzen und ihnen ihre Federn ausrupfen.

Hier half Zeus. Er befahl allen in den Bergen von Kreta nistenden Adlern und Geiern, ihre überflüssigen Federn zu der Plattform des Labyrinths zu bringen, wo sie Ikaros aufsammelte und zu seinem Vater brachte.

Auch mit dem Bienenwachs half Zeus. Er zeigte mir, wo in den Vorratslagern des königlichen Palastes Bienenwachs aufbewahrt wird. Es gelang mir dann ohne Schwierigkeiten, genug Wachs zu stehlen und portionsweise in das Labyrinth zu bringen.

Ich muss zugeben, Dädalos war beim Bau des Fluggeräts ausgesprochen geschickt und erfinderisch.

Mich bat er, meine Flügel als Vorlage für seine Konstruktion zu präsentieren, ausgestreckt und auf- und abschlagend, als ob ich fliege. Auch ließ er sich von mir erklären, wie man gegen den Wind anfliegt und trotzdem vorwärts kommt, und wie man landet, ohne sich zu verletzen.

Als ich einmal mit Ikaros alleine sprach, fragte er mich, ob die Götter nicht wütend werden würden, wenn die Menschen sich Geräte bauten, mit denen sie vogelgleich fliegen könnten. „Bestimmt haben sich die Götter etwas dabei gedacht, als sie beschlossen, den Menschen keine Flügel zu verpassen",sagte. er.

Das war eine verdammt schwierige Frage. Für mich als Raben war Fliegen die natürlichste Sache der Welt. Anders als die Menschen hatte ich es also nicht nötig, den Göttern ins Handwerk zu pfuschen.

Schließlich fiel mir folgende Antwort ein, zu der ich auch heute noch stehe: „Wenn die Götter den Menschen die Fähigkeit verliehen haben, Fluggeräte zu bauen, weshalb sollten sie dann ärgerlich werden, wenn die Menschen von dieser Fähigkeit Gebrauch machen."

„Das leuchtet mir ein", antwortete Ikaros, „zumal hieraus folgt, dass die Götter mit dem Bau einverstanden waren, wenn wir mit dem Gerät fliegen können, und nicht einverstanden, wenn wir abstürzen."

Ikaros fliegt sich frei

Eine Woche vor Ablauf der von Minos gesetzten Frist waren die Fluggeräte fertig. Weil ich meine Arbeit als erledigt ansah, verabschiedete ich mich von den beiden mit einem freundschaftlichen: „Guten Flug nach Athen!"
„Herzlichen Dank für deine Hilfe", antwortete Ikaros, „bitte besuche mich bald in Athen. Ich würde mich sehr freuen."

Ich hatte eigentlich auch ein kleines Dankeschön von Dädalos erwartet. Es kam aber kein Dankeschön. Ohne mich zu beachten, sagte er stattdessen zu seinem Sohn:
„Athen kannst du vergessen. Wir fliegen nach Sizilien!"

Für Ikaros brach eine Welt zusammen. Es war ihm, als würde er den Boden unter den Füßen verlieren.

Hatte ihn sein Vater erneut belogen und ihm nur vorgespiegelt, mit ihm nach Athen fliegen zu wollen?

Den Tränen nahe rief er: „Willst du schon wieder ein mir gegebenes Versprechen brechen?"

„Hab dich nicht so", antwortete Dädalos, „nach Athen kannst du auch noch später einmal. Aber was soll ich dort? Die kleingeistigen Athener Bürger verdienen mich nicht. Außerdem habe ich in Athen zu viele Feinde. Die würden mich nie in Ruhe lassen. Ich wäre dort immer in Gefahr."

„Aber das wusstest du doch schon, bevor du versprochen hast, mit mir nach Athen zurückzukehren. Außerdem wärst du in Athen sicher. Denn dort stehen wir unter dem Schutz meines Freundes Theseus."

„Ich will darüber mit dir nicht diskutieren", erwiderte Dädalos gereizt. „Wir fliegen nach Sizilien. Und dabei bleibt es! In Sizilien werden wir es viel besser als in Athen haben.

Kokalos, Siziliens König, schätzt mich. Er hat mich beauftragt, seine Hauptstadt Kamikos zu einer Festung umzubauen und die Wasserversorgung Siziliens neu zu organisieren. Dieser Auftrag ist eine sehr große Ehre für mich.

„Aber was soll ich in Sizilien?" fragte Ikaros leise, fast flüsternd. „Die Ehre für dich ist für mich kein Ersatz für meine Freunde. Bitte versteh doch, lieber Vater, dass ich endlich wieder in meiner Heimat leben will, da wo meine Freunde sind und ich das Grab von Talos besuchen kann."

„Schluss mit dem Gesülze", antwortete Dädalos schroff. „Morgen fliegen wir nach Sizilien. Wenn du dir Mühe gibst, wirst du auch in Sizilien Freunde finden. Basta!"

„Weshalb hast du Ikaros nicht gegen den egoistischen Dädalos geholfen?", fragte ich den weissen Raben.
„Das ist eine gute Frage", krächzte der. „Eigentlich wollte ich eingreifen. Dann sagte ich mir aber, dass Dädalos doch nicht auf mich hören würde. Wahrscheinlich hätte ihn meine Einmischung nur noch mehr gereizt. Außerdem war ich davon überzeugt, dass Ikaros früher oder später seinen eigenen Weg gehen würde, notfalls auch gegen den Willen des Vaters."

Unweit der Plattform ließ ich mich auf einem Ölbaum nieder, denn auf keinen Fall wollte ich den ersten Menschenflug verpassen.

Zunächst startete Ikaros. Er nahm einen langen Anlauf, stürmte bis zur Außenkante der Plattform, breitete die beflügelten Arme aus, und sprang mit einem gewaltigen Satz in die Leere. Über ihm der Himmel und unter ihm das Meer. Anfangs war sein Flug ziemlich wackelig, wurde aber bald sicherer.

Dann sprang Dädalos. Ich vermute, dass er erst einmal abwarten wollte, ob der Start seines Sohnes gelingt.

Dädalos holte Ikaros schnell ein. Sie flogen hintereinander. Dädalos vorne weg. Nach Westen, in Richtung Sizilien. Ich hörte, wie Dädalos Ikaros befahl, unbedingt in seiner Nähe zu bleiben und der Sonne nicht zu nahe zu kommen.

„Pass auf, mein Sohn, steige nicht zu hoch, sonst schmilzt in der Hitze der Sonne das Wachs an deinen Flügeln und du stürzt ins Meer", rief er.

Ikaros antwortete nicht. Dass es gefährlich war, die Sonne anzufliegen, wusste er auch ohne seinen Vater. Das hatte ihm Talos schon erklärt.

Und dann geschah etwas für mich völlig Unerwartetes: Ikaros drehte ab. Er folgte nicht mehr dem Vater nach Westen, sondern flog nach Norden, dahin, wo seine Heimat Athen und seine Freunde auf ihn warteten.

„So, mein Freund", krächzte der weisse Rabe, „das ist die wahre Geschichte über die beiden Menschen, die es mehr als 3000 Jahre vor Otto Lilienthal gewagt haben, den Raum zwischen Erde und Himmel zu erobern, also geflogen sind.

Und es ist auch die Geschichte eines Jungen, der, als es an der Zeit war, den Mut hatte, sich von seinem Übervater zu lösen, um ein eigenes Leben zu beginnen."

„Cool", sagte ich, „kannst du Ikaros nicht herbeizaubern? Ich wette, wir würden uns prima verstehen."

„Du weißt doch ganz genau, dass das unmöglich ist", krächzte der weisse Rabe. „Außerdem würde er sich in unserer heutigen Welt nicht zurechtfinden."

„Dann erzähle bitte wenigstens, wie es mit Ikaros, Ariadne, Theseus, Kelios und Andros weitergegangen und was aus Dädalos in Sizilien geworden ist."

„Sorry, mein Freund", krächzte der weisse Rabe, „dafür ist es jetzt wirklich zu spät. Vielleicht später einmal."

Alsdann reckte und streckte er sich, plusterte sich auf, schlug mit den Flügeln und verschwand mit einem fröhlichen Krooh! Kräh! Kra! Ärr! Käärr! durch das offene Fenster in den Morgenhimmel.

Personenverzeichnis

Agenor
Phönizischer König, Vater der Europa

Agluja
Ariadnes schöne Sklavin aus Troja

Aigeus
König von Athen, Vater von Theseus

Androgeos
Kronprinz von Kreta

Andros
einer der jungen Athener, die dem Minotauros geopfert
werden sollten

Apollon
Gott der Sonne, des Lichts, der Poesie, der Pest und der
Prophetie, Schutzpatron des Orakels von Delphi

Ariadne
Tochter des Kreterkönigs Minos

Athena
Göttin der Weisheit, der Künste und Wissenschaften, Athens
Schutzpatronin

Dädalos
Athener Bildhauer, Erfinder und Baumeister, Vater von Ikaros

Europa
von Zeus nach Kreta entführte Königstochter aus Phönizien,
Mutter des Minos

Homer
griechischer Dichter, lebte wahrscheinlich in der Zeit um
850 v. u. Z., gilt als Autor der Ilias und der Odyssee, damit als
frühester Dichter der Abendlandes

Ikaros
Athener Jüngling

Imenes
einer der jungen Athener, die dem Minotauros geopfert
werden sollten

Kelios
ehemals Ariadnes Lehrer, von Minos aus Knossos verbannt

Kokalos
König von Sizilien

Koronis
Geliebte des Apollon, von diesem wegen vermeintlicher
Untreue getötet

Otto Lilienthal
deutscher Luftfahrtpionier, 1848 bis 1896

Minos
tyrannischer König von Kreta, Sohn von Zeus und Europa

Minotauros
menschenfressendes Ungeheuer, halb Stier halb Mensch, das
Produkt einer abartigen Leidenschaft der Königin von Kreta
zu einem Stier

Pegasos
geflügeltes Pferd, auch als Dichterross bekannt, wurde von
den Göttern für besondere Aufgaben eingesetzt

Perdix
Schwester von Dädalos, Mutter von Talos, Pflegemutter von
Ikaros

Platon
griechischer Philosoph, 428-347 v. u. Z.

Poseidon
Gott des Meeres, der Erdbeben und der Pferde

Prometheus
gehört zu dem Göttergeschlecht der Titanen, brachte den
Menschen gegen den Willen der Götter das Feuer, gilt heute
als die Symbolfigur für wissenschaftlichen und technischen
Fortschritt

Talos
Jugendfreund von Ikaros

Theseus
Athener Kronprinz, Bezwinger des Minotauros

Weitere Bücher des Autors

Ikaros auf der Suche nach der Wahrheit
tredition GmbH, 2. Auflage, 2018, ISBN: 978-3-7469-62887

Ikaros fliegt sich frei
epubli GmbH, 1. Auflage, 2014, ISBN: 978-3737516334

Mit dem weissen Raben durch die Zeit
Frieling-Verlag, Berlin, ISBN 978–3–8280–2781–7

Der weisse Rabe und das Wunschspiel
Frieling-Verlag, Berlin, ISBN 978–3–8280–3144–9

Der weisse Rabe und die Rettung der Labradore
Frieling-Verlag, Berlin, ISBN 978-3-8280-3140-1

Der weisse Rabe und der Beginn einer Freundschaft
Frieling-Verlag, Berlin, ISBN 978-3-8280-3138-8

Die Bücher sind auch als E-Book erhältlich.

Zeitfracht Medien GmbH
Ferdinand-Jühlke-Straße 7
99095 Erfurt, Deutschland
produktsicherheit@kolibri360.de